金牌小说

Awarded Novels
长青藤国际大奖小说书系

十岁那年

Inside Out & Back Again

〔美〕赖清河 著 罗玲 译

CG 晨光出版社

最纯净的心灵成长

　　作为 2012 年美国纽伯瑞儿童文学奖银奖、美国国家图书奖金奖作品，《十岁那年》是世界范围内的当代作家中，为数不多的以诗歌体裁创作的小说。当读者捧起《十岁那年》来阅读的时候，第一感觉是语言简洁而平易。无论是大人还是孩子，都可以和书中静静流淌的文字交流。短短的句子，一行一行的文字，一段一段的故事，一章一章的波澜，就那样被作者简单而纯净地叙述出来。不似诗集有饱满得外溢的澎湃激情，也不像普通的小说可以用大篇幅来铺陈和牵引，《十岁那年》的情感很朴实，语言没有太多修饰，故事情节推进也很迅速。看这本书，其实就是听一个孩子讲故事，孩子用她最直接最干净最简单的语言给我们讲述了一个心灵成长的故事。

　　《十岁那年》的诗歌体裁是这部小说最大的特点。因为作者叙事的角度是一个小女孩，所以整本书的语言基调简洁明快。几个或十几个字一行的创作规格让阅读变得相当得心应手。

　　因为行文流畅、语言简单，所以诗歌所表达的情绪也就特别直接和彻底。当文中的"我"，也就是小女孩金河，用她的视角来讲述她的幸福和哀愁，比如战争之前家乡的美丽，战争来临时人们的恐慌，逃难过程中家人的苦楚，移民成功后寄人篱下的凄凉，上学在学校被同学欺负的无助，终于在亲朋好友的帮助和鼓励下自强的满足。当这些故事一个一个展现在我们眼前的时候，诗歌的语言让我们觉得美丽的更美丽，忧伤的更忧伤。孩子不会去渲染痛苦，然而字里行间的痛苦却会让看书的读者，尤其是大人们，感受到战争对孩子的伤害。

　　小说中的主要人物被诗歌描绘得鲜活无比。叙事诗歌打动人心之处就在于读者在短短的文字背后品出大大的味道。英俊、温柔却永远只在照片上的爸爸，坚强、隐忍、美丽的妈妈，执著、坚定、有担当的光哥哥，乐观、结实、洒脱的武哥哥，内敛、聪明、害羞的魁哥哥，当然还有活泼、善感、体贴的"我"——金河。这些主要人物形象连同性格大不同的房东夫妇，善良的家庭教师邻居，可爱的同班小伙伴，爱恶作剧的调皮同学，有点学究做派的学校老师……他们一起热热闹闹的在简短的诗行中丰富着小女孩的生活。平实的叙事诗歌，不平凡的生活。

小说想要传达给读者的，当然不仅仅是其独特的诗歌体裁叙事方式。文中的主人公小女孩金河，在小说发展过程当中心理成长的历程也是我们在阅读过程当中特别需要关注的。

战争的气息是不会最早被孩子们捕捉到的，所以大战临头的时候，孩子们关心的还是已经到来的新年以及他们种下的水果和花草。没有战争的祖国是如此美丽。不过，当孩子逐渐意识到战争到来的时候，战争已经几乎摧毁了一切。孩子失去了父亲，母亲每天担惊受怕，年长些的哥哥们各人有各人的打算，最小的女孩心中充满了迷惑。逃难的路上，虽然孩子可以苦中作乐，但是离乡背井的惶恐已经开始侵蚀孩子的心灵。接下来的寄人篱下，让小女孩学会了看陌生人的脸色。在学校里受尽欺负，小女孩原本活泼开朗的个性受到了极大的破坏。直到最后，孩子才在家人和朋友的帮助下振作起来，重新找回生活的信心和勇气。

　　战争给人们带来的是什么，看完这本小说，每个读者都会认真地从一个孩子的角度去思考。

　　简单、明快的节奏，孩子纯净的语言，叙述着一个并不轻松但依旧充满希望的故事。这就是《十岁那年》。

罗玲

目录

第一部分
家园

第三部分

阿拉巴马

十岁那年
Inside Out & Back Again

他那么爱我们，
以至于眼含泪水
看着我们入睡。

家园 第一部分

1975：猫年 [1]

今天是春节，
农历新年的
第一天。

每年春节
我们都吃甜甜的莲子，
黏牙的糯米饼。
全身衣服里外一新。

妈妈嘱咐着，
今天我们要乖，
今天乖了一年都会好。

每个人都得微笑，
不管心里是什么感觉。

大家都不打扫，

---

[1] 越南文化与中国同源，也有十二生肖，一样是 12 种
动物，与 12 地支相应，只是把兔换成了猫。所以，
猫年相当于我们的兔年。

是因为打扫会扫走希望吗？
大家都不洒水，
是因为洒水会洒走快乐吗？

今天
我们都长大了一岁，
不管生日是哪一天。
春节，我们的新年，
还是每个人的生日。

现在我十岁，正学着
用圆弧针法刺绣，
把分数换算成百分比，
让我的木瓜树挂满果实。

但是昨晚我噘起了嘴，
妈妈坚持
让我的一个哥哥
必须今早第一个起床，

为我们的房子祈福。
因为只有男性的脚
才能带来好运。

长久以来愤怒之结
在我的喉头膨胀。

我决定
要在黎明之前醒来，
然后用我的大脚趾
轻拍瓷砖地，
要当第一。

即便是妈妈
睡在我身旁，也不知道。

二月十一日 春节

翻天覆地

每年新年妈妈都要找个
算命先生。
今年先生算出
我们的生活将会翻天覆地。

也许是士兵将不再
在我们的社区里巡逻；
也许是我可以跳绳
在天黑以后；
也许是那
提醒妈妈
把我们塞到床下的哨声，
不会再响起。

但是我听说，
在操场上，
今年的荷叶饭，
只在春节吃的荷叶饭，
会被弄脏。

战争
离家园更近了。

二 月 十 二 日

金河

我的名字叫河。

光哥哥记得
我出生的时候又红又胖，
像只小河马。
他第一眼见到我
就想到了这个名字——
河马，
河里的马。

武哥哥尖叫"呵呀"，
惊得我跳起来。
在他每一次劈木头劈砖时，
学着李小龙的样子。

魁哥哥说我是
妈妈的尾巴，
因为我总是
跟妈妈形影不离。

我不能让我的哥哥们
住到别处去，
但是我可以
把他们的凉鞋藏起来。

我们每人只有一双凉鞋，
经常穿，
特别是在这个干燥的季节，
大地都干裂得疼痛的季节。

妈妈说

别理哥哥们,
"我们给你起名金河,
是因为那条金色的小河,
你爸爸和我
很多个夜晚曾在那里散步。"

我的爸妈不知道
三个哥哥都能
做些什么,
对那个简单的名字——
河。

妈妈说:
"他们捉弄你
是因为他们宠爱你。"

妈妈错了,
但我还是
爱黏着妈妈,超过了我对
木瓜树的爱。
我要献给妈妈

木瓜树上的第一颗果实。

每一天

木瓜树

它从一粒小种子长大。
那粒种子是我扔在
后花园里的。

那粒种子看起来就像
一只鱼眼睛，
狡黠的
闪亮的
黑色的鱼眼睛。

树长高了。
我踮起脚站着，

树有我
两倍那么高。

魁哥哥发现了
木瓜树的第一朵小白花。
他比我大四岁，
看得比我高。

武哥哥后来发现了
第一个
拳头大小的小木瓜
牢牢挂在树干上。
他十八岁了，
能看好高好高了。

光哥哥是最大的，
他二十一岁了，在学工程。
他又会比我先看见什么呢？
谁知道啊？

我发誓，

每天清晨要第一个起床，
去看那
形状像只灯泡的
绿果子上的露珠。

我要当第一个
见证它成熟的人。

二月中旬

蒂蒂挥手说再见

我最好的朋友蒂蒂
哭得很伤心。
柔软的粉红色长衫下摆
涕泪斑斑。

她的两个哥哥

也坐在车里
哭着鼻子。
他们的行李箱
堆到了车顶。

蒂蒂塞给我
一罐花种子，
那是去年秋天我们一起收集的，
我们曾打算一起种下这些种子。

她在车后窗向我挥手，
就在那辆像兔子似的车子上。
她的眼泪黏住了她长长的头发，
我也想有那样的长发。

如果不是魁哥哥来
牵着我的手，
我还会一直站在那儿，
对着空荡荡的地方一直哭，一直挥手说再见。

他们去南部的港口头顿了。

魁哥哥说，

富人们都去那里，

然后坐船

逃离越南。

我很开心我们已经变穷了，

所以可以留下来。

三月初

在行动中失踪

爸爸离开家

去执行海军的任务，

是九年前的

今天。

我只有差不多一岁。

他是在距城南
骑摩托车一小时路程的一号公路，
被抓走的。

这就是我们所知道的全部。

今天
妈妈准备了一个祭坛，
来祈祷爸爸早日回家。
祭坛上有水果，
有焚香，
有晚香玉，
还有糯米。

妈妈摆上了爸爸的肖像，
那是在春节照的，
就在他失踪的那一年。

他看上去多平和啊，
微微笑着，
眼角

现出
鱼尾纹。

我们每个人都鞠躬，
祝福，
许愿，
祈祷。

祭坛上所有的东西
当天都留在那里，
除了爸爸的肖像。
妈妈一做完祷告
就把它锁了起来。

妈妈受不了
看着爸爸那双
永远年轻的
眼睛。

三月十日

妈妈的日子

工作日里，
妈妈在海军军部的办公室
当秘书，
每月月底
都要给大家算工资，
发工钱。

到了夜晚，
妈妈总是熬夜
设计和剪裁小孩衣服，
再交给女裁缝们去做。

几年前
妈妈挣到了足够的钱，
曾考虑
买一辆车。

到了周末，
妈妈就带着我去市场的各个摊位，

卸下那些衣服，

再试着收回

上个星期的货款。

现在大家很难再买什么了，

妈妈说，

大家只能勉强糊口。

但是妈妈

还是坚持着。

三月十五日

鸡蛋

魁哥哥
生妈妈的气了，
因为妈妈拿了他的母鸡
下的蛋。

那只母鸡
每隔一天半
就下一个蛋。

我们轮流
吃鸡蛋。

魁哥哥
不吃他的鸡蛋。
他把鸡蛋都放在一盏台灯下面，
期待着
能孵出小鸡。

我本该站在魁哥哥这边，

我最有耐心的哥哥，
但是我也爱软软的蛋黄
蘸在面包上。

妈妈说，
如果鸡蛋的价钱
不是和大米一样贵，
如果大米的价钱
不是和汽油一样贵，
如果汽油的价钱
不是和黄金一样贵，
那么当然
魁哥哥
就可以继续孵鸡蛋。

妈妈很难过。

三月十七日

最近的新闻

每个星期五，
在美佳小姐的课上
我们都要讨论
最近的新闻。

但是当我们一直讨论着
战争是多么地
接近这座城，
自从盟军撤退
物价是如何的飞涨，
前一天晚上
又听见了多少次远处的炸弹声，
美佳小姐最后就不再说什么了。

从现在开始，
星期五
都只说
快乐的消息。

没有人还有什么
可说的。

我真聪明

今年，
我下午上课，
星期六也上。
我们轮流上课，
这样才可以让每个人
都能上学。

上午都是空闲的。

妈妈很信任我，

让我去露天集市买东西。

去年九月，

妈妈给了我

五十盾，

让我去买一百克猪肉，

一蒲式耳[1]空心菜，

还有五块豆腐。

但是我没有告诉别人，

我其实只买了

九十九克猪肉，

八分之七蒲式耳的空心菜，

四又四分之三块豆腐。

连卖菜的人听着妈妈的这种奇怪吩咐

都皱起了眉头。

省下来的钱，

---

[1] 蒲式耳：计量单位，也是一种定量容器，类似我国旧
    时的斗和升等。

我买了
一袋烤椰子，
一个油炸甜面团，
还有两块脆脆的绿豆饼。

现在要买那些东西
可要花两百盾了。

我还是会少买一点点猪肉，
好让自己能吃上炸面团。

没有一个人知道，
我觉得我真聪明。

三月末

多了两个木瓜

是我最先看见的。

两颗绿色拇指
会长成
金黄色的喜悦
散发着夏天的气息。

甜味适中，
介于芒果和梨子之间。

软软的好像红薯，
激动地
轻轻地嚼了三口
就滑进了肚子。

四月五日

不认识的爸爸

关于爸爸，
除了妈妈说漏嘴提到的几件小事，
其他
一无所知。

他爱吃炖鳗鱼，
热香肠馅饼。
当然还爱他的孩子们，
他那么爱我们，
以至于眼含泪水
看着我们入睡。

他讨厌下午的太阳，
不喜欢棕色，
也不喜欢冷饭。

光哥哥记得
爸爸经常说
"加速"，

是本国人说法语
"迅速"的方式，
就是立刻的意思。

妈妈总是大笑，
当爸爸跟着她
在厨房里转圈，
不停地说：
"饿死了，想吃炖鳗鱼，
加速，加速。"

有时候我也会小声地
跟自己说"加速"，
假装
我认识爸爸。

我永远不会当着妈妈的面
说加速，
我们谁都不想
让妈妈更难过。
她已经够难过了。

每一天

电视新闻

光哥哥从学校
跑回家来，
上气不接下气地
扔下他的自行车。
已经没有钱买汽油
让他骑摩托车了。

"难以置信。"
他喊着，
然后打开了电视机。

一个我们这边的飞行员
毁坏了市中心的总统府，
就在那天下午。
然后那个飞行员飞去了北边，
得到了一枚勋章。

新闻说，
那个飞行员是个间谍，

北边安插的间谍，
好多年了。

北边的人
抓走了爸爸，
那为什么，
还会有飞行员
选择他们那一边？

光哥哥说：
"谁也无法证明战争有理，
除非是战争双方
都执著于自己
盲目的信念。"

自从上了大学，他就开始显摆更多
这样深奥的字词。

我也开始学光哥哥那么说，
可是妈妈打了我的手，
她让我乖乖的别吵。

四月八日

生日

我，家里的老幺，
要庆祝
我真正的生日啦！
虽然我
已经长大了一岁，
和大家一样，
就在春节那天。

我，家里唯一的女孩，
经常都能吃到烤鸡，
笋干汤，
还有吃到饱的布丁。

今年
妈妈只给我做了
香蕉木薯
和我最喜欢的
黑芝麻糖。

妈妈为了补偿我，

答应让我

说一个愿望。

我嘴巴上还粘着

黑芝麻糖，

坚持

要听故事。

真不容易啊，

说服妈妈

讲她在北边度过的

少女时代。

在那里，有妈妈的奶奶的土地

延伸到比鸽子能飞的都远的地方。

在那里，

打扮得漂漂亮亮的，

写写诗，

就是妈妈唯一需要做的事。

妈妈答应嫁给爸爸的时候

才五岁。

他们是十六岁那年结婚的，

比预想的要早一些。

那时每个人的未来都改变了。

战争开始了。

国家一分为二。

混乱中，爸爸和妈妈来到了南边。

外公也要跟过来，

但是他要等舅舅。

舅舅在等舅妈，

舅妈就要生孩子了，

还有一个星期

就要生了。

就在那个星期，

南边和北边

关上了他们的大门，

不再允许迁移，

不再允许通信，

再也见不到亲人。

说到这里，
妈妈闭上了眼睛。
妈妈的眼睛跟别人的都不一样，
眼窝很深，像西方人，
可是杏仁似的形状又像我们的眼睛。
我总是希望能有一双妈妈那样的眼睛，
可是妈妈说不。
像她那样的眼睛没有什么好处，
只能带来忧伤。
她还是个孩子的时候，
她的父母就焦虑于
她沉重的眼神。

我还想听，
可是妈妈不讲了，
就算我噘嘴生气
也没有让妈妈睁开眼睛
再多讲一些。

四月十日

生日愿望

我心里的生日愿望：

我希望我可以做男孩子们做的事情，
希望太阳能把我再晒黑一点，
希望我的膝盖上布满疤痕。

我希望可以把头发留长，
但是妈妈说头发越短越好，
这样才可以应付这里的炎热和虱子。

我希望我脸颊的婴儿肥可以瘦下来。

我希望我可以保持冷静，
不管我那些哥哥们
说些什么。

我希望妈妈别再指责我
让我保持安静，

越说越糟糕。

我希望能有一个妹妹
可以跟我一起跳绳，
一起给布娃娃做衣服，
一起拥抱着
在半夜里相互取暖。

我希望爸爸可以回家，
这样我就可以
不做这样的白日梦，
在上课的时候
他身穿白色的海军制服出现
向我张开双臂，
让全班的人都看见。

我最希望的是
爸爸能出现在家门口，
让妈妈的嘴角
翘起来，
让那总是因为焦虑

紧抿着的嘴唇

可以舒展开来。

四月十日夜

在城里的一天

每年春天，

我们的总统

总会举办时间很长很长的庆典，

来安抚

在战线后方留守的妻子们。

妈妈和我去参加。

因为在总统唠叨了好多

什么赢得战争啊，

什么美好未来啊，

我们的爸爸们又是多么勇敢啊——

之后每家每户都得到了五公斤白糖，
十公斤大米，
还有一小壶
植物油。

在三轮车上，
妈妈把腿交叉起来，
这样我就能坐在她身边。
风还是很凉爽的，
我们的车颠簸着驶过大桥。
那桥看上去就像一弯新月，
我可不会一个人去那里。

妈妈身上有薰衣草的香味，
还有暖暖的气息。
妈妈真美，
虽然
她的脸颊凹下去了，
她的嘴唇因为焦虑而黯淡了。
虽然妈妈警告过我，
我还是希望有她那样眼窝深陷的眼睛。

还没看见市中心，
我就先听见了动静，
密集的警笛声，
喧哗声，警察的警哨声。
到处都是
摩托车和自行车。
它们在宽阔的马路上跑上跑下，
只有当大卡车
鸣着喇叭呼啸着
从路中间驶过时，
它们才会让出路来。

在一个露天市场
我和妈妈下了车，
挤进了一间
卷粉铺。
我喜欢看
米粉撒在一块布上，
在蒸锅上摊开来，
像变魔术一般一块薄饼就做好了

填满虾，
就着黄瓜和豆芽
一起吃。

卷粉吃起来比看起来
还要好。
当我的嘴里塞满了卷粉，
市场里的嘈杂声
却安静了下来，
让我和我的卷粉
都飘了起来。

我们从市场里
挤了出来，
朝总统府走去。

我们站着排队，
然后
坐在滚烫的铁椅子上，
等更长的时间，
面对着主席台。

我的白色棉帽
还有妈妈的花伞，
完全抵挡不住
午后的烈日，
阳光直直地射到
我短短的头发里。

我头昏眼花，
口渴得厉害；
卷粉里的
鱼酱，
咸得要命。

妈妈给了我一颗酸角糖。
我从来没有那么
那么激动地
咽过唾沫。

终于，他出来了，
棕色的皮肤，全身是汗。

他说："我知道你们受苦了。
我感谢你们，
你们的国家感谢你们。"

然后他哭了，真流下了眼泪，
也不擦，就那么面对着照相机。

妈妈一字一顿地说：
"丑鱼的眼泪。"

我知道那是什么意思，
鳄鱼的虚伪的眼泪。

四月十二日

纠结啊纠结

妈妈掂量了一下
米缸里剩下的
谷子。
维持不到
月底发薪的那天。

她的眉头紧皱着，
就好像是
被拧皱了的衣服。

"甘薯和木薯
混着大米，
吃起来味道不错。"
她一边说，一边微笑，
仿佛我不知道
那些穷人家
是怎么填饱孩子们的肚皮的。

四月十三日

太快休学

警报的尖叫声
盖过了美佳小姐的声音。
我们正在上课，
讲总爱微笑的光头
福特总统。

我们都知道这是个坏兆头。

学校现在得停课了，
每个人都得回家去。
一个月这么快就到了。

我很生气，还掐了和我同桌的
那个女孩。
钏的身高只有我的一半，
皮包骨头又神经紧张。

我们的妈妈是朋友。
她会告我的状的。

她总是告我的状。

妈妈就又会教训我，
叫我文静点。

我需要时间
来解答这则"谜语"：
一个人骑自行车的速度通常为
每小时 9 千米，
但是风会降低他的时速。
26 分钟内，
他的时速为每小时 6.76 千米，
之后的 10 分钟内
他的时速为每小时 5.55 千米；
当他回到 11.54 千米外的家时，
他一共用了多长时间？

第一个解答出来的人
会得到窗外正在发芽的

甜薯秧。
我想要种甜薯，
就种在我的木瓜树旁边。
甜薯的藤可以爬上木瓜树，
给那些成熟的果实遮阴。

我又掐了钏，
因为我知道
今天
甜薯秧要奖励给
老师的宠儿，
就是那个
皮包骨头又神经紧张的。
反正从来不是我。

四月十四日

美好的展望

五个木瓜
大小不一。
一个有我的脑袋大，
一个有我的膝盖大，
两个有我的手肘大，
还有一个只有我的手指头大，
都牢牢挂在树上。

还是绿色的，
但长势喜人。

四月十五日

通向大海的桥

宋叔叔，
爸爸最好的朋友，
来看望我们。

他个子不高，皮肤发黑，面带笑容。
爸爸在照片里看着也不高，瘦瘦的，表情严肃。
直到现在，当同学们
问起我的爸爸的时候，
矮个子，笑眯眯，
就会在我脑子里蹦出来，
情不自禁的。

宋叔叔
径直去了厨房。
厨房的后门开着，
通向一条小巷。
"简直太走运了！
这扇门绕开了海军的检查站，
直接通向了港口。"

"我不会冒险
带着我的孩子们
坐一条快散架的小船逃走。"

"一艘海军的军舰
能不能满足你的要求？"

"说的好像连海军
都要抛弃这个国家了？"

"不会有任何一个本国人
被抛弃。"

"你真的觉得
我们能走吗？"

"当时机成熟时，
这所房子
就是我们

通向大海的桥。"

四月十六日

我们该走吗

妈妈召开了家庭会议。

"昂轩家卖掉了
金叶子，
买了十二张飞机票。

"巴南家有一辆大货车，
准备要接
二十五位亲戚
赶往海岸线。"

妈妈问我们：

"我们该离开家吗？"

光哥哥说：
"我们怎么能
像老鼠一样滚蛋？
没有荣誉，没有尊严。
现在不是每个人
都应该帮助国家重建吗？"

魁哥哥说：
"要是爸爸回来了，
发现家人都走了该怎么办？"

武哥哥说：
"要走，必须走。"

每个人都知道，
他梦想着要踏上
李小龙生活过的土地。

妈妈皱着眉，说：

"我已经经历过一次
这样的选择。
原以为一切会安稳下去，
但战争中总有始料未及的事，
我不能让你们再去冒险，
惶惶地生活在恐惧之中。"

她的眉头皱着，
深深地皱着，
我们噤了声。

四 月 十 七 日

嘘

天亮之前
魁哥哥摇醒了我。

我跟着他
来到后花园。
他的手里捧着一只
啾啾叫着的小鸡，
浑身都是黄色的绒毛，
刚刚孵出来。

他用手掌制止了我的尖叫。
"不管妈妈做了什么决定，
我们都不走。
我要保护我的小鸡，
你要保护你的木瓜树。"

他伸出了他的小手指，
然后盯着我，
一直盯
一直盯，
直到我也伸出小手指，
我们拉钩了。

四月十八日

安静的决定

晚餐时间，
我帮妈妈
削甜薯皮，
用来拌饭。

我先削掉
甜薯的一头，
就指甲盖
那么一丁点，
然后决定
削皮的时候
要削得很薄很薄。

我很骄傲，
我很会
节省。
直到我看见
泪水
在妈妈那双

深陷的眼睛里。

"你应该在一个无忧无虑的地方长大，
不用去操心
节省这一口半口的
甜薯。"

四月十九日

雨季提前

我们都假装
是雨季
提前了。

远处的炸弹
爆炸的声音
恰似打雷，

火焰
映红了天空，
子弹
如雨点般落下。

虽然远，
但是耳朵听得见，
眼睛看得见。

毕竟
不是真的那么远。

四月二十日

总统辞职

电视上总统
看起来很悲伤，脸色蜡黄。
他的健康的棕色皮肤出了什么问题啦？

他的眼睛里溢出泪水，
这次看起来像真哭。
"我不再是你们的总统，
但我永远都不会离开我的人民，
还有我的国家。"

妈妈挑起了半边眉毛，
那是通常
她在想些什么的时候
会做的动作。

四月二十一日

保佑我们

宋叔叔回来了，
告诉我们
随时准备
动身。

"不要告诉任何人，
否则全城的人
都会涌入港口。
只有海军家属
才可以上船。"

宋叔叔和爸爸
是从同一个海军训练班毕业的。
幸运的是，
宋叔叔
没有去执行那次任务，
那次导致爸爸被捕的任务。

妈妈搂着我，

拍拍我的头。

"爸爸保佑着我们呢,

虽然他不在我们身边。"

妈妈说,

她和爸爸有个约定。

如果战争让他们失散了,

他们就通过

爸爸在北方老家的老房子

找到对方。

四月二十四日

十字形包袱

咔嗒,咔嗒。

妈妈的脚

踩着缝纫机。
她踩得越快，
那块深棕色的布上
针脚就出现得越快。

两片长方形的布
做一个包袱，
一根长布条
做成背带，
用来挎在
背包袱的人胸前。

几小时之后，
针脚出现得
慢了一些，
缝纫机的针就像一只
正在下蛋的虫子，
那些蛋都埋进棕色的布里去了。
这只疲倦的虫子
蛋下得越来越慢。
那天结束的时候，

比清晨
妈妈刚开工
做五个包袱中的第一个时，要慢得多。

魁哥哥大喊着：
"做三个就够了！"

妈妈走到一个
高高的柜子那里，
拿出了爸爸的肖像。

"要么跟着我们走，
要么我们都留下。
想想吧，儿子，
你的行为将决定
我们的未来。"

妈妈知道，
这个儿子不忍伤害
任何人，
任何东西。

"看着爸爸。
和我们一起走，
这样的话，
爸爸会觉得骄傲的。
他不在家的时候，
你听妈妈的话。"

我看着我的脚趾头，
感觉到魁哥哥的眼睛
盯着我的头皮。

我还感觉到他缓缓点了点头。

谁会拒绝
这样一位母亲呢？
她含辛茹苦地抚养四个孩子，
憔悴得如同树皮。

四月二十六日

选择

每个包袱里可以装：

一条长裤，

一条短裤，

三套内衣，

两件衬衣，

拖鞋，

牙膏牙刷，

肥皂，

十把谷子，

三块饭团，

还有一个自己选。

我选了我的洋娃娃。

有一次我把她借给一个邻居玩，

邻居把她丢在了外面，

老鼠咬了她的

左边脸颊，

还有右手拇指。

我却因为她的伤疤
更爱她了。

我给她穿上了
红衣服白裙子，
还有成套的帽子和靴子，
都是妈妈做的。

四月二十七日

带不走的东西

十个镶金边的玻璃杯。
爸爸从大洋彼岸买回来的，
我出生之前他在那里受过训。

光哥哥的

成绩卡，

每一张都是班上第一名，

从幼儿园开始。

九重葛的藤蔓，

上面缀满了花朵，

深紫色还有白色，

就像

我们的房子的颜色。

茉莉花的枝蔓，

每扇窗前都有，

它们让妈妈忆起

在北边的日子。

一条牛仔皮带，

是武哥哥缝的，

用妈妈的缝纫机，

还弄坏了她的针。

那个时候

他还很迷

约翰尼·卡什[1]，
比现在迷李小龙
还厉害。

一套玻璃罐子，
魁哥哥用来
养斗鱼的。

两个铁钩子
还有吊床，
是我打盹的地方。

照片：
每年春节在动物园照的，
爸爸年轻时的照片，
妈妈年轻时的照片，
我们小时候的照片……
谁也说不清楚是谁
在向世人袒露些什么。

---

[1] 约翰尼·卡什（1932—2003），美国传奇乡村
　　歌手。

妈妈选了十张，
把剩下的都烧了。
我们不能
留下任何有可能伤害爸爸的
生活里的证据。

四月二十七日夜

湿润的哭泣的

我那颗最大的木瓜
已经变成浅黄色了，
虽然还有一些绿色的斑点。

妈妈说黄色的木瓜
蘸上辣椒和盐巴，
吃起来很可口。
"孩子们，你们应该吃

新鲜的水果，

有的吃的时候就要吃。"

武哥哥去摘了。

最大的那颗掉了下来，

被他用银刀具切成了片。

黑色的木瓜籽散落出来，

就好像是一颗颗

湿润的哭泣的黑眼睛。

四月二十八日

酸痛的背

在港口

我们发现，

在本城中

没有什么事情
会是秘密。

成千上万的人
都发现
海军的军舰
已经准备要抛弃海军了。

宋叔叔张开双臂
往前伸着，
保护他的孩子们。

可是我的家人们
就像湿纸片一样贴在一起。
我什么都看不见，除了大家的背，
酸痛的满是汗的背。

武哥哥走过来，
把妈妈拉到他身前，
然后把我
扛到他的肩膀上。

他再用手
推着光哥哥和魁哥哥
往前走。

我暗自决定，
我以后
再也不
拿李小龙打趣了。

四月二十九日下午

乱了套的蚂蚁窝

我们爬上船，
在甲板下面
占到一个地方。
有两块草垫子大，

够我们五个人
肩并肩躺着。

到日落的时候，
我们的地方就只有一块草垫子大
了，
够我们五个人
挤在一起。

甲板下面
每一寸地方
都被人填满了；
甲板上
也一样。

每个人都知道
船有可能会沉。
船无法承受
这一堆一堆的
不停爬来爬去的人，
像一群从乱了套的蚂蚁窝里

跑出来的愤怒的蚂蚁似的。

但是没有人
会没心没肺到
叫船
停止上人。
因为如果
他们上不了船
会怎么样呢?

四月二十九日日落时分

在黑暗中

宋叔叔过来看我们,
悄悄地跟妈妈说话。

我们跟着妈妈,

妈妈跟着宋叔叔，
宋叔叔领着他的家人，
上到了甲板上，
下了船。

据说，
旁边那艘船
发动机更好，
有更多水，
烧不尽的油，
还有数不尽的咸蛋。

但宋叔叔犹豫着，
还是没有上那艘
新的船。
我们也没有。

到处都是人，
身边是人，
远处也是人。

在我们头顶上，
炸弹划破了天空。
红色和绿色的火焰
像烟花般炸开。

所有的灯都熄灭了，
所以港口不会是
轰炸的目标。

在黑暗中，
在这儿被人撞一下，
在那儿也被人撞一下，
最后我们还是回到了最开始的那艘船，
还在那个老地方，
有两块草垫子那么大。

黑着灯，
我们的船向海上驶去，
卸载了一半的乘客。

四月二十九日临近午夜

家园完了

我听着妈妈
摇扇子的
沙沙声，
大人们的窃窃私语，
还有越来越远的炸弹声。

指挥官已经
给甲板下的每个人下了命令，
虽然他已经选择了一条
安全的河道
驶向大海。
他让大家尽量避免走那条
明显的逃生线路。
那里会受到集中的攻击。

我希望蒂蒂已经逃走了。

妈妈不舒服，
因为晕船胃里闹腾。

虽然那条船
几乎是在爬着往前行。

我们听见有架直升机
盘旋盘旋，
就在我们的船附近。

大家一边跑一边尖叫。

我们的船随着人流
一会儿往左边沉，
一会儿又往右边沉。

这对妈妈可不利。

我希望他们能够安静地站着，
不要吵。

指挥官发话了：

"不要害怕!
那是我们这边的飞行员。
已经跳水了,
他驾驶的直升机
也随之落水了。"

飞行员
在甲板下出现了,
浑身湿透,发着抖。

他向指挥官行了个礼,
然后大声喊着:
"今天中午,北边的人
开着他们的坦克
攻破了
总统府的大门,
在房顶上
插上了他们的旗帜。"

然后他又说了一句,
一句没有人会愿意听到的话:

"全完了，
家园完了。"

四月三十日傍晚

水，水，水，
到处都是水，
都让我觉得
陆地只是一个
我似曾相识的地方……

在海上

第二部分

漂流

我们的船沿着河道
继续往前爬。
没有灯，
没有食物，
没有厕所。

我们被告知
只有在特别需要的时候
才能砸巴一口水，
这样身体就会
不需要方便。

可是我的身体不听话。

妈妈叹了口气。

我不会怪妈妈，
有这么个女儿，
既渴得要命，

又急着去方便。

其他那些女孩子
肯定是
竹子做的，
让她们往哪边弯
她们就往哪边弯。

妈妈跟宋叔叔说
我需要上厕所。

我们被允许
进了指挥官的包间。
他包间里的卫生间
又白又干净，
再多的尴尬也值了。

五月一日

慢，慢，慢

我细细地嚼着
我包袱里的
最后一个
饭团。

又硬又霉，
但是有嚼劲儿，
里面甜甜的。

我嚼着每一粒米，
慢慢地，慢慢地。

我听见别人也在嚼，
但是却没有看见
有人真的在吃东西。

没有人
分给我
我闻见的东西：

沙丁鱼，干榴莲，
咸蛋，烤芝麻。
我靠在
另外一块草垫子上的
家人身上。

妈妈使劲
摇着脑袋。
当她拍着
我的手的时候，
她看起来那么难过。

五月二日

口粮配给

第三天
我们驶进了
前往邻国的海上。

指挥官说，
现在安全了，
船员可以做饭了，
大家可以到甲板上来了，
也都可以稍微笑一笑了。

他说船上有足够的
米和水，
够吃三个星期。
但是救援必须
早点到才好。

"别担心，
各国的船只

都出来找我们了。"

早晨，中午和晚上
我们每个人都可以分到
一个饭团，
有小的，不大不小的，大的，
根据我们的身高来发。
除此以外每人还有一杯水。
这个就不论体型了。

第一口咬到
新煮的米饭，
那饱满又扎实的口感
让我联想到
成熟的木瓜的味道，
虽然这两者之间
没有任何关系。

五月三日

水道

妈妈不会允许孩子们
游手好闲。
她的孩子不行，别人的孩子也不行。

在船上待了
一个星期以后，
光哥哥开始了
英语课。

我希望他
一直就说：
"How are you?
This is a pen."
但是当大人不在的时候
他就会用英语说：
"我们必须想想这有多么羞耻，
我们放弃了我们的国家，
朝一个完全未知的地方去。
在那儿我们又必须

从社会的
最底层开始。"

每天下午
和武哥哥待在一起时要好一些，
他只要我们
前踢，
后踢，
有时会增加
连环出击的组合拳。

魁哥哥负责维护
人们排队上卫生间的秩序。
屁股们
探到海里，
就在那些随风飘舞的
毯子的后面。

不上课的时候，

我必须
待在妈妈的视线范围内，
像个小娃娃似的。

妈妈给了我
她的写字薄。
"字写小点，
只有一本写字簿。"

写字变得
很枯燥。
所以我开始画画，
画在我写的字上面。

一袋袋平底煎锅炒椰子脆，
香蕉叶子上的酸角酱，
蒸玉米棒子，
炸面圈，
用小棍插着的菠萝，
当然，
还有一块一块的木瓜，又软又有光泽。

妈妈抚摸着我的头发，

她知道

一个小女孩的痛苦。

爱吃零食，

却被困在了

一艘船上。

五月七日

似曾相识

水，水，水，

到处都是水，

都让我觉得

陆地只是一个

我似曾相识的地方，

如同

在吊床上打盹儿，

用没有盐的水洗澡，
看妈妈写字，
无缘无故大笑，
踢土块儿，
还有
穿着干净的睡衣，
上面有太阳的味道。

五月十二日

魁哥哥的秘密

魁哥哥身上的臭味
简直让人没法儿忽略。

他捂着一件夹克，
又闷又汗，
就是不愿意脱下来。

他每天被迫用海绵

擦洗身体两次，

也会把夹克

拴在腰上。

他一直紧紧捂着什么东西，

就在他左边的口袋里，

臭味就是从那里来的。

周围的人都在抱怨，

连那些

八个草垫子外的人都在抱怨。

大家说情况已经够糟糕的了，

被困在这儿，

空气污浊而闷热，

从大家发酵的身体上散发出来，

还有那油腻腻的汗味。

难道大家

还必须得忍受

腐烂的气味吗？

最后武哥哥
把魁哥哥抓了下来，
逼着他
摊开了他的手。

是只干瘪的小鸡，
歪歪斜斜地躺着。
小脑袋
从他手掌上耷拉下来。

那只小鸡
早就没了活命的机会，
就在我们挤上船的
几个小时期间。

魁哥哥尖叫着
把我们草垫子上的所有东西都踢飞了。
光哥哥
架着他
到了甲板上。

都安静了。

五月十三日

最后的敬意

在海上两周之后，
指挥官叫大家
都上到甲板上
举行一场正式的降旗仪式，
降下那面象征我们祖国的旗帜。

故国不复存在了。

有个女人试图
跳船，
尖叫着说没有了祖国
她也不能再活。

当别人把她拦下来后，

有个男人

用牙刷

直戳自己的胸膛。

我不认识他们，

所以他们的痛苦和魁哥哥的痛苦比起来

显得不太真实。

魁哥哥的眼睛睁得大大的，

就像他那只僵硬的小鸡的眼睛。

我拉着他的手说：

"跟我来。"

他没有拒绝。

就我们俩

站在船尾。

我打开了妈妈的白色手绢，

里面包着那个被老鼠咬坏了的洋娃娃。

它的胳膊

拥着魁哥哥的那只软耷耷、毛茸茸的小鸡。

我把它们用手绢包在一起。

魁哥哥点点头，
我微笑着。
但是当那个白色的小包裹
沉入海底的时候，
我立刻就后悔
失去了我的洋娃娃。

五月十四日

一个引擎

半夜，
我们的船
突然停了下来。

妈妈搂着我，

我们的心像敲鼓一样
跳得一样快。

如果这时候
被抓住，
可就比待在家里
还要糟糕几百万倍啦。

经过好多次嘶吼，
又过了好长时间，
我们的船又往前行进了，
但是只有一个引擎。

妈妈没有
放开我。

指挥官说：
"现在去最近的国家都太远了，
我们只剩一个引擎。
走河道
又非常冒险。

我们躲过了轰炸
但也错过了救援的船。”

指挥官决定
现在的食物配给变成
每天早上和晚上
发半个饭团，
一整天
就发一杯水。

“小口喝水，”
他说，
“不要浪费体力
到处跑，
因为谁也不可能
预测出来
我们还要在海上
漂流
多久。”

五月十六日

月亮

白天的时候，
甲板属于
男人和孩子们。

夜幕降临时，
女人们才会
上到甲板。

她们排成单列，
用海绵洗澡，
在用毯子做成的帘子后面
方便一下。

我总是站在队伍里，
和妈妈一起。

每个夜晚
妈妈都会指着天上。
"至少

还有月亮
没有改变。

"你爸爸也在看着
这同一轮圆月。
他应该已经知道了，
我们会在世界的另一端
等着他。"

我觉得很内疚，
因为我没有
第一时间想到爸爸。

我不能期望
他会出现，
至少要等我先搞清楚
我们要去哪里。

五月十八日

一个吻

我们的汽笛
响了又响，
把每一个人
从一整个星期的昏昏欲睡中唤醒。

远处有非常确定的回应，
喇叭声，喇叭声，
感觉那么近，
那么真实，
把每个人都招引到了甲板上。

是一艘巨大的轮船，
挂着美国的国旗
向我们驶来。
穿着白色制服的男人们
在向我们挥手，微笑。

我们的指挥官
穿着他的海军夹克，戴着海军帽，

洁白而笔挺。

直到此刻我才意识到
为什么我那么喜欢他。
穿着制服的他
看起来真像爸爸。

他上了那艘船，
向一个人敬礼，握手。
那个人的头发长在脸上
而不在头上，
颜色还是火红火红的。

我以前从不知道
头发还能这样长。

我们一直拍手，一直拍手。
两艘船靠在了一起，
碰撞了一下。

好多好多的箱子
被搬到了我们的甲板上。
橘子，苹果，香蕉，
冰镇的甜甜的气泡饮料，
巧克力豆，果味口香糖。

救援的军舰
用一根铁链子
拖着我们的船，
那链子跟我的身子一样粗。

现在我们确定是获救了，
派对开了起来，
食物像从地下冒出来的似的。
拉面，牛肉干，
干虾，奶油饼干，
酸角，鱼罐头，
还有一桶又一桶的饮用水。

妈妈说：
"大家乐于分享，

因为他们知道
已经摆脱了饥饿。

"难道不是因为饥饿
才更应该分享吗?"

那天晚上,
我站在飘动的毯子后面,
用干净的水
浇遍了全身的皮肤。

水真甜啊,
哪怕是混合着肥皂。

五月二十四日

金色的绒毛

水，水。
四周仍然全部是水，
但是在远处
出现了一个小黑点。

我们被告知
收拾我们的
行李，
站成单列排好队。

每次二十个人
登上一艘摩托艇，
驶向那个小黑点。

一只胳膊伸过来
帮助我们登船，
一只长着金色绒毛的胳膊。

我摸了摸，

那么真实那么长。
我不知道还有没有
别的机会
再摸到金色的绒毛，
于是我扯了一根下来。

妈妈打了我的手。
光哥哥飞快地说了什么，
用我今后必须学会的那种语言。

那个长着金色绒毛的人大笑起来。

谢天谢地，
船开始颠簸起来，
所以妈妈
没工夫
来骂我了，
起码暂时不行。

我捻着我的
拇指和食指捏着的毛茸茸的纪念品，
情不自禁地
微笑起来。

五 月 二 十 六 日

帐篷之城

我们到了
一个岛上，
关岛。
没有人知道怎么念，
除了光哥哥，
他变成了
大家的翻译。

好多人
在我们之前就到了，
都住在
绿色的帐篷里，
睡简易的床铺。

我们在一个大帐篷里吃饭。
武哥哥
变身成大厨，
他热了很多
罐装的牛肉和土豆，
咸得让人想吐。

我们只吃了
水果罐头，
糖浆味很浓。
每个人都想再多吃一点，
可我们总共只有一个杯子。

武哥哥不知从哪儿
带回来

一个大大的罐子，
抛来抛去地
练他的手臂肌肉。

在我找
樱桃和葡萄的时候，
我们
直接用那个罐子开吃了。

五月二十八日

等待的日子

一成不变的日子
从我们住进帐篷那天
开始了。

营地的工作人员

每天上午和下午
来教我们英语。

晚上的时光属于我们自己。

我们在室外看电影。
电影画面用投影机
投影到一面白布上。
光哥哥通过麦克风
给大家翻译，
声音忧伤又缓慢。

要是电影里的是个年轻的牛仔，
比如克林特·伊斯特伍德，
大家就都欢呼；
如果是个老牛仔，
比如约翰·韦恩，
大多数人会喝倒彩，
然后去游泳。

迪士尼的卡通片

吸引了女孩子们，
她们平时总是缠着
武哥哥，
请求他
用功夫再劈断一根木头。

我挨着魁哥哥坐下的时候，
还能听见女孩子们的请求声。
魁哥哥很少说话了，
不过挨着他坐下我还是觉得很开心。

六月至七月初

鱼酱

是谁那么有心
把鱼味酱
送到了关岛，
是谁呢？
真该奖励他一下。

所有的东西
加了鱼酱后，
就变美味了。

武哥哥
把土豆牛肉泥炒成糊糊，
加进洋葱，
再撒点魔力鱼酱，
浇在饭上就可以上桌啦。

排队的人都排到海滩上去了。

有人抓到了一种

海洋生物，
胖胖的又多汁，
吃起来像黄瓜。

武哥哥把它们
细细地切成丝，
和海藻一起
炖上，
还要加点鱼酱。

大家的胃口都被
唤醒了，
以至于武哥哥
只够时间
做好饭，
然后浇上鱼酱
就把饭端出来了。

大家都开始做饭，
只要他们能
得到一杯

鱼酱。

魁哥哥用杯子分发，
杯子是白色的，
跟茶杯一样。

杯里的东西都是深棕色的，
所以理所当然地
我
喝了一大口
有史以来
最咸
最苦
最腥的
茶。

我的脑袋晕乎乎的，
呼吸臭烘烘，
好几天都这样。

不过我并不介意。

七月一日

紫水晶戒指

妈妈想变卖
紫水晶戒指，
那是爸爸买给她的，
在大洋彼岸买的。
那时他在那儿的
海军里受训，
我还没有出生。

妈妈想买
针和线，
布和凉鞋，
就从营地的
黑市上。

我从没看见她
取下过这枚紫色的戒指。
要是我不能转着那戒指
一直数着圈数的话，
都睡不着觉。

光哥哥说：
"不行！
如果你失去了这仅有的
爱的念想，
新衬衫新凉鞋
又有什么意义？"

我并不明白

他在说什么，
但是我同意。

七月二日

选择

有的人选择去法国，
因为在多年以前，
就已经有许多人移民到了那里。

宋叔叔
让我们和他们家
一起去加拿大，
他姐姐住在那里，
可以帮着照看我们
直到爸爸回来。

妈妈知道宋叔叔的妻子

不会乐意。

就跟宋叔叔说

加拿大太冷了。

我们排队

填我们的表。

每个家庭都必须做出选择

截止到今晚。

今晚会放烟火，庆祝美国国庆日。

妈妈提笔写道：

"巴黎。"

那里有个

她从未谋面的表亲。

排在我们后面的男人小声地说：

"选美国，

那里机会更多，

尤其是对

有已经可以干活的男孩的家庭来说。"

妈妈小声回话：
"我的儿子们
必须先上大学。"

"如果他们够聪明，
美国会给他们
提供奖学金的。"

于是妈妈做出了选择。

七月四日

另一个帐篷城

我们坐飞机被安排到了
另一个帐篷城，
在潮湿酷热的佛罗里达，

在那儿人们把看鳄鱼
当成娱乐。

营地负责人
把越南著名的歌星请了来，
唱着熟悉的乡音
给难民们打气加油，
但是大家的脸上依然满是愁容。

如果一个难民家庭想要离开，
必须首先要有一个美国人来营地
给这家人做担保。

我们一直等一直等，
可是妈妈说，
一个疑似寡妇的女人，带着三个儿子，
一个任性的女儿，
这个家庭规模对于美国人的标准来说
实在太大了。

同在我们帐篷里的一家三口

得到担保
去了佐治亚州；
住在我们右手边的那对夫妇
去了南卡罗来纳州。

后来的人都比我们先走了。
当光哥哥
撕着他手肘上的死皮的时候，
妈妈都吃不下饭了。

我可不介意待在这儿。
我的头发长长了，
因为跑步和游泳
我变得又黑又壮。

妈妈偶然得知，
担保人比较偏向那些
持有某种信仰的申请人。

于是
妈妈把我们的信仰改了，

妈妈说所有的信仰
都差不多。

七月至八月初

阿拉巴马

有个男人来了。
他开了一家
汽车店，
他想
找个年轻人
培养成机修工。

在他挑选到光哥哥之前
他一直都举着他的一只手指头，
光哥哥学习过工程这一点
给他留下了深刻印象。

妈妈可不在乎
到底那个男的
是来找什么人的。

等办完所有手续的时候
妈妈
目不转睛，两眼发光，
擦拭着泪水，
英语一句都说不出来。
我们全家
有了一个担保人，
要去阿拉巴马了。

八 月 七 日

我们的牛仔

我们的担保人

长了一副
典型的美国人的样子。

个子高高的，肚皮胖胖的，
戴着黑色的牛仔帽，
蹬着褐色的牛仔靴，
嘴里叼着雪茄，
牙齿雪白雪白的，
皮肤红红的，
头发金黄的。

我立刻
就喜欢上了他，
而且我想象他
好心肠，大嗓门，
还拥有一匹马。

八月八日

其实我想把
最最轻松的一天
留给爸爸回来的那天。
不过他回来的那天可以叫做
我生命中最好的一天。

阿拉巴马

第三部分

打开行李又收拾行李

从飞机上下来，
我们都
头晕眼花。

我们的牛仔，
从来都不取下他那
高高、高高的帽子。
他带着我们
去了他的大房子。
房子门前
有很宽阔的草地。
绿得就像画出来的一样。

"准备好了就进去吧。"

我们微笑着
拿出了
我们每个人带着的
两件外套。

有人看见了
我们的牛仔的太太，
她的手，嘴唇，眼睛
都要拧成麻花了。
于是我们又重新打包了行李。

八月十五日

英语最重要

我们住在牛仔家
最最底下的那一层，
住在那儿
就不会见到他的太太。

我必须要把椅子放在茶几上

然后人站在椅子上，
才能透过那扇很高很高的窗子
看见
太阳和月亮。

牛仔太太坚持
不能让她的邻居
看见我们。

妈妈耸了耸肩。
"比起船上的两张垫子，
这儿宽敞多了。"

我真不希望
她把不好的东西
硬说成好的。

妈妈召开了家庭会议。

"孩子们，在你们
学会英语之前，

你们什么也
不要想，不要做，不要希望。
不要想爸爸，
不要想老房子，
不要想你们的老朋友们，
也不要想我们的未来。"

妈妈煞有介事地
提到了爸爸。
可是我知道
有时候有些话只是说说罢了。

八月十六日

第一条语法

光哥哥说
要在名词后面加个 s

表示名词复数，
就算是单词后面
已经有个 s 了，
还是要加。

Glass
Glass-es

一整天
我都在练习
从牙缝里
发出嗤嗤声。

那个发明
英语的人
肯定很喜欢
蛇。

八月十七日

美国鸡肉

我们的牛仔
带给我们的吃的
大多都是用塑料纸包着
或者是罐装的，
而鸡肉和牛肉
则是切碎了之后冷冻的。

我们依靠
米饭、酱油和玉米罐头
过日子。

今天牛仔给我们带来
用纸桶装着的鸡肉，
鸡皮又酥又黄，
闻起来真香啊。

魁哥哥自那次事件后，
就发誓不再吃
任何长翅膀的动物。

我们的牛仔咬了一口鸡腿，
咧嘴笑着，露出了牙齿和牙龈。

我怀疑他是不是真的这么友好啊，
因为他太太那么坏。

我们也吃起来。

鸡皮吃起来果然不错，
脆脆的，咸咸的，
又烫又辣。

不过，
妈妈擦了擦嘴角
就把她那块鸡肉
放到了餐巾上。

武哥哥吐了。

我们的牛仔

拧起了他的眉毛。
显然他在想，
这些难民
怎么这么挑剔？

光哥哥勉强着
咽了一口，
然后解释说
我们习惯了
吃现杀的鸡，
鸡都是放养的，
吃谷子和虫子长大。

这样的肉
肉质比较紧，
闻起来有草地的味道，
吃起来是甜的。

我咬了一口鸡腿，
就像是
咬到了一口被水泡过的面包。

不过，
我还是嚼得吧唧吧唧的。

我其实
想骑一骑
牛仔绝对会有的那匹马。

八 月 二 十 日

那扇高高的窗子外面

在每一所房子前面
都有一片草地。

大大的窗子上
都挂着拉得很严实的窗帘。

水泥路面
没有人走动。

大汽车
也不常经过。

没有任何噪声。

干净，整洁，
孤独。

第二条语法

现在时态下，
在第三人称的动词后面
要加一个 s，

就算是那个单词最后
已经有一个 s 的音了。

她，choose - s
他，refuse - s

我已经比较会发出
嗞嗞声了，
不会再喷口水
在我的小臂上。

八月二十二日

美国的地址

我们的牛仔
又戴了顶更高的帽子，
帮我们找到了一所房子，

就在安妮公主路。

他预付了三个月的房租。

妈妈简直不敢相信
他的慷慨，
直到光哥哥说
美国政府
给了担保人钱。

我打量了一下我们的房子。

两间卧室，
一间我的哥哥们住，
另一间我和妈妈住。

一台洗衣机，
因为在这儿
没有人会靠
替别人洗衣服
来混饭吃。

炉子发出
干净的蓝色的火焰，
不像在从前的家里
所用的煤炉子。

我最喜欢的
是淋浴花洒，
密实的水柱
会按摩我的头皮。
站在花洒下面，
就像是
站在雨季的雨中。

我不喜欢的是：
粉红色的沙发，绿色的椅子，
桌子上铺的塑料布，
污渍斑斑的床垫，
旧衣服，
不成套的餐具。

都是我们的牛仔的朋友们

送的。

即便是在我们最穷的时候
我们还是有
漂亮的家具，
还有配套的餐具。

妈妈说要感恩。

我在尽力。

八月二十四日

家书

我们一有了地址
妈妈就立刻写信
给北方。

在那里，爸爸的哥哥还住在
祖传的房子里，
延续着我们的家族。

自从国家被分裂以来，
这是第一次
妈妈被允许
给北方的人写信。

这也是第一次
爸爸的哥哥得以知晓
爸爸失踪了。

除非
爸爸曾经给他们写信，
告诉他们他平安。
谁知道呢。

我心里希望着，
哆嗦了一下。

八月二十五日

第三条语法

总会有例外。

在某些特定的名词后面
不能加 s

One deer

Two deer

为什么两只鹿后面不加 s 呢?
为什么两只猴子后面又要加 s 呢?

光哥哥说
这谁知道啊。

怎么这么多规矩啊!

那个发明英语的人
真应该

被蛇咬。

八月二十六日

打发时光

我学习查字典。
因为小草和小树
不会因为被我盯着看
就长得更快。

我查字典：

Jane: 字典上没有。

Sees: 眼睛看见某物。

Spot: 污渍。

Run: 快速移动。

整句话的意思是：什么什么看见污渍在移动。

我扔开字典，
跑去问光哥哥。

Jane 是个名字，
字典里不收录。
Spot 是个名字，
小狗的常见名字。

整句的意思是:（一个叫）Jane（的女孩）
看见（一只叫）Spot（的狗）在跑。

我连小朋友的书
都看不懂。

谁会相信
我以前都在读

故乡一些老作家的经典作品呢?

不过,
在这儿
又有谁知道那些老作家是谁呢?

是"哟"不是"嘿"

光哥哥
懒得再翻译。
于是我们的担保人
单独带着我去学校报名。

这一整天
他是我一个人的牛仔。
他肯定会

让我骑他的马的。

我爬上了他那辆
特别高的卡车，
但是他用两根手指头
在空中比划着走路的动作。

这个意思就是
我得走路去学校。

向右转个弯，
那里的花大得跟晚餐用的盘子似
的，
颜色却是怪异的蓝。

向左转个弯，
毛茸茸的紫色植物嫩枝
攀缘上了高高的灌木丛，
招引着蝴蝶。

牛仔的上嘴唇

冒出了汗珠子。
我的胳肢窝里也很别扭。
一会儿我必须记住
别把缰绳举得太高了。

我们在路上
走啊走啊，
地平线一直
伸向前方。

最后，
我们停在了一所
宽宽的、红色的
砖房子前面。

文书工作，好多文书工作。
需要一个女人来做。
她一边摸着我的头
一边摇着她的头。

我退后了一步。

我讨厌被同情，
我从妈妈那里
学到，
那些同情者
感觉更好。
永远不要接受同情。

在回家的路上，
我深吸了一口气，
逼着自己说出来：
"你，马……马？
嘿，嘿，嘿，
我，骑，骑。"

我的私人牛仔
摇了摇头。

我又说了一次，
还跑了起来。

他的脸皱成了一团。

我一直说："马……马……"
还有"嘿，嘿，嘿"，
说得嗓子都疼了。

我们到家了。
最后
光哥哥
不得不帮忙翻译。

"没有，约翰顿先生
他没有马，
他也从来没有骑过马。"

那他是什么牛仔啊？

更糟糕的是，
牛仔解释说，
这里的马跑起来的时候
是"哟哟哟"的声音，
不是"嘿嘿嘿"。

不会吧。

我这是在哪儿啊？

第四条语法

有的动词
改头换面，
毫无理由。

I am

She is

They are

He was

They were

要是英语

还有生活，

有点逻辑的话，

一切就会简单多了。

八月三十日

外面的世界

从明天开始，

家里每个人都要

离开家了。

妈妈要

去一家工厂当缝纫工。

光哥哥开始

修理汽车。

剩下的孩子
都必须去上学，
重新读我们没有学完的
上一个年级。

武哥哥
想成为一个厨师
或者去教武术，
而不想浪费一年
去读高三。

妈妈只说了
一个词：
"大学。"

魁哥哥
得到了一辆旧自行车。
但是妈妈说，
我还太小，不能骑自行车。
虽然

在小学四年级，
我已经十岁了。
而我的同学
都才只有九岁。

妈妈说：
"还是操心睡觉的事吧，
因为从现在起
就没有打瞌睡的时间了。
你要在学校
和朋友们
一起吃中饭。"

"什么朋友？"

"你会交到的朋友。"

"要是我交不到呢？"

"不会交不到的。"

"我吃什么？"

"朋友们吃什么，你就吃什么。"

"但我会吃什么？"

"等着惊喜吧。"

"我讨厌惊喜。"

"要听话一点。"

"我连听谁的话
都不知道。"

妈妈叹了口气，
走开了。

九 月 一 日

苦笑

上学！

我醒来的时候，
肚子饿得
咕噜噜地响。

我什么也没吃。

我迈着四平八稳的步子一步一步走去学校，
尽量让我的胃
稳住。

幸好，
清晨的空气吹面不寒，
就像一张拂不去的洗脸毛巾
敷在我的脸上。

深呼吸。

我是第一个到班上的学生。

我的新老师有一头棕色的卷发，
紧紧地盘在头顶，
就像是蜂窝上的圈圈。

她指着自己的胸口说：
"斯——科——特——小——姐。"
还说了三次，
一次比一次大声，
口水越喷越多。

我重复了一次，"斯——科——特——小——姐"，
小心翼翼地发出了每个音。

她好像并不满意。

我拍着我的胸口说：

"河。"

她肯定是听成了
"哈"，
就跟好笑的"哈哈哈"一样。

她造作地笑了一下。

我重复了一次，"河"。
我真希望自己
知道足够多的英语，
好告诉她
仔细地去听
区别，
这个单词的
调子
是往下降的。

我的新老师
歪着脑袋
造作地

苦笑着。

彩虹

我面对着同学们。
斯科特小姐在说。
每个同学都在说着什么。

我听不懂，
不过我会观察。

红头发的皮肤上有斑点。
黑色卷发的皮肤发亮。
棕色的头发有奶白色的皮肤。
梳着大辫子的皮肤是奶油巧克力的颜色。
白色头发粉色皮肤的男孩。

蜜色头发扎着橘色发带的，皮肤是透明的。
头发上别着七彩发夹的，皮肤是古铜色的。

只有我是
黑直发，
橄榄色的皮肤。

九 月 二 日 上 午

黑的白的黄的和红的

下课铃响了。
大家都站起来。
我也站起来。

大家排队，
我也排。

走过一个大厅，

向左转，

拿一个盘子，

领吃的。

坐下。

在这个敞亮的、吵闹的房间里，

一头

坐着浅肤色的人，

另一头，

坐着深肤色的人。

大家一边笑，一边吃，

仿佛他们从来没有

考虑过，

会有介于他们之间的另一种人

出现。

我不知道该坐在哪里，

也不知道该怎么吃那根

夹在面包里的

粉色的香肠。
整个儿形状看起来像玉米棒子，
上面涂着
黄色和红色的酱。

我起初想，
他们做成这样是想取笑
我故国的国旗。
后来我才想起，
这儿好像不会有人知道
那面旗帜的颜色。

我把盘子放下，
等着，
就在门厅里。

九月二日上午十一点半

喧闹的户外

又响了一次铃，
又排了一次队，
这一次是到户外。

我身边
全是那些
彩虹色的同学，
又叫，又挤。

粉红色皮肤的那个男孩，
头发是白色的，
眉毛是白色的，
睫毛也是白色的，
他扯了我手臂上的汗毛。

一阵哄笑。

确实，我手臂上的汗毛
又长又黑。

也许他只是
对我又长又黑的汗毛好奇，
就像我对
那个救援船上的船员
手臂上金色的绒毛
感到好奇一样。

他又戳了戳我的脸颊。

大家都喊起来。

他又戳了戳我的胸口。

除了那些挤弄着的眼睛，
扭曲的嘴巴，
我什么都没看见。

不，
他们不是好奇。

我想拔掉他的每一根白色的头发，

看看这个男孩的头皮

是不是跟他那粉红色的脸是一个颜色。

我这么想着，

但我还是走开了。

九 月 二 日 下 午

笑回去

那个粉红男孩还有他两个很吵的朋友

跟踪我回家。

我数着步子

越走越快。

我不能让他们看出

我想跑。

我用英语数，
逼着我自己
在脑子里
一直数。

我实在忍不住，
回头看了一眼。

那个粉红男孩叫起来，
露出了他的大嘴巴，
尖尖的牙齿森森然。

我走得更快了，
用英语
也数得更快了。

其实并非是
我在乎
粉红男孩说了些什么，

但是我必须得听懂，

有朝一日

我也要

笑话他。

九月二日放学以后

安静的室内

魁哥哥在家，

但是没有说话。

我们一起坐着

剥花生。

我没说白天发生了什么。

妈妈回家来，

两根手指头

包着白色的纱布。
电动机器
缝的速度太快了。

光哥哥回家来，
脱了他的制服衬衫扔到一边，
去了浴室。
吃晚餐的时候，
他的手指甲里
仍然有黑色的油渍。

武哥哥回来的时候
吹着口哨。

他吃了
两块，三块，四块
排骨。

我吃了
一块，两块排骨。

我有种感觉，
就是想要吹口哨
也必须
要有肌肉才行。

九月二日傍晚

飞起一脚

我偷偷摸摸
溜进哥哥们的房间。

圆圆的月亮把月光洒在
块头最大的那个人影上面。

我把武哥哥摇醒。
"出来一下。"

武哥哥打了我的手一下，
不过还是跟着我出来了。

月光把我们变成了银色。

"他们扯我的汗毛。
他们拿石头砸我。
他们还说要踩我的胸口。"

武哥哥打了个哈欠。

"一个男生真的扯了我的汗毛！"

武哥哥拍拍我的头。
"别理他。"

"我可没有跟着他转。
你回家时干吗吹口哨？"

"有人叫我外国佬。"

"那是好话吗？"

"不怎么好听。
然后他想绊倒我，
于是我就飞起一脚，
想吓唬他
假装踢到他。"

"你没踢到？"

"我只是想警告他，
不想伤害他。
我甚至都不想看到
他被吓到。"

"要是我我就会踢那个男孩。
你教我飞腿吧，拜托。"

"就你这脾气？"

我叫起来，我太生气了。

"我不该遇事就跑啊。"

眼泪流了出来。

武哥哥
向来最怕
我的眼泪。
"我教你怎么自卫。"

"那能有用吗？"

他大大地笑了一下，
很有信心地说：
"你会知道的。"

九月二日夜

下巴点啊点

第二天早晨
走去学校的半路上，
不在妈妈的视线内，
我听见了叮叮当当的声音，
是魁哥哥的自行车。

他停了下来，
拍了拍自行车车架
上方的横梁。

我侧身坐上去，
抓住车把。
我们的手
挨在了一起。

我们骑起来以后
我问：
"每天吗？"

我感觉到他的下巴
点了点，
碰到了我的头顶。

"放学也是吗？"

下巴又点了点。

我们骑得飞快，
我觉得我好像
飞了起来。

九 月 三 日

有苦说不出

斯科特小姐
指了指我，
然后指着
英语字母表上的字母。

我念
A，B，C，以及其他字母。

她叫同学们
鼓掌。

我皱起了眉头。

斯科特小姐
指着
墙上写的数字。

我数到了二十。

全班同学
自动鼓起掌来。

我愤怒了。
我不知道该怎么跟他们解释，
我已经学习了
分数，
还知道怎么净化
河水。

所以
这就是
哑巴吃黄连的感觉吧。

我恨，恨，恨。

九 月 十 日

心愿

我希望，

魁哥哥不要
一直忍着不说
他是如何忍受
在学校的时光。

妈妈不要藏着
她受伤的手指。

光哥哥下班以后
不要那么生气。

我希望，

我们的牛仔可以被说服
买一匹马。

在我有能力还嘴之前

我能是隐形的。

学英语的时候
能够没有那么多规则。

我希望，

爸爸能出现在
我的班上，
说着流利的英语，
就像他说法语和中文那样，
然后伸出他的手
来牵我的手。

我最最希望的是，
我希望
我依然
聪明。

九 月 十 一 日

藏起来

武哥哥
要我们每个人
叫他
李小武。
跟他学防身术时，
我必须强忍着笑，
才能叫出这个名字。

我需要学这个。

上课的时候我盯着我的鞋，
想把自己藏起来。

吃午饭的时候
我把自己藏在厕所里，
啃着头天晚餐时省下来的
硬面包。

同学们出去玩的时候，

我还是藏在那间厕所里面。

放学以后我也藏起来，
一直到魁哥哥
骑着自行车
到我们的秘密地点来接我。

和李小武在一起，
我扎马步，
体重都压在腿上，
背挺直，
手臂放在两侧，
手指放松，
眼观六路。

我在练习，
我就快现身啦。

九月十三日

邻居们

鸡蛋
像鼻涕似的
在我们门前炸开。

"只是些不懂事的孩子。"
我们的牛仔说。

厕纸像丝带一样的
挂在
我们的柳树上。

"有更多不懂事的孩子。"
我们的牛仔说。

一块砖
砸碎了前面的窗玻璃，
落在我们的餐桌上，
上面还有一张纸条。

光哥哥
拒绝翻译。

当李小武要动拳头的时候，
妈妈摇了摇头。

我们的牛仔
叫来了警察，
警察告诉我们
待在屋里。

“废话！”
我们的牛仔说，
然后吐出了一口棕色的
烟草。

我重复了一遍，“废话”，
噘起嘴巴使劲练习了一下
词尾的发音。

妈妈决定
我们得去
见见我们的邻居。

我们的牛仔带我们去，
他给了我们每人一顶牛仔帽，
以便我们在跟别人说
"早上好"的时候，
可以把帽子摘下来。

只有我戴了那顶帽子。

在我们
右手边的那所房子，
一个光头男人
关上了他家的门。

他的隔壁
有个女人，
有着黄色头发，
砰的一声关上了她的门。

她的隔壁，
在那扇没有打开的门背后
有人冲我们吼。

我的哥哥们涨红了脸。
妈妈拍了拍他们的背。

我们的牛仔带着我们
去了左手边那家。

一位上了年纪的女士
张开双臂
拥抱了我们。

我们吃惊极了，
像树一样愣愣地站着。
她指着她的胸口说：
"华——盛——顿——小——姐。"

她拥抱了我们的牛仔。

我们得知

华盛顿小姐

是个寡妇，退休教师。

她没有孩子，

但有一只叫兰西的狗，

还有一个花园

占满了她的整个后院。

她主动提出

给我们当家教。

我放学以后的时间

就跟着她。

我都有点害怕告诉她

我将多么需要她的帮助。

九 月 十 四 日

每日一词

华盛顿小姐
有她自己的规矩。

她让我
每天记住一个新词，
然后
用对话练习十次。

我每记住一个
新词，
她就会给我
一口水果，蘸着甜甜的、白色的糖霜；
点缀着雨点大小巧克力粒的饼干；
扁的，圆的，上面挂着糖浆的油炸小
糕点。

我的词汇量增加啦！

她让我学会了
我从没有注意过的规则。
比如说 a, an, 还有 the,
这些规则像是小扩音器似的,
告诉全世界
谁的英语
依然是二手的。

要说那座（the）房子是红色的,
但是得说
我们住在一所（a）房子里。

在我的母语里,
我们没有 a, an 和 the,
但是大家也都理解得挺好的。

我嘬着嘴,
可是华盛顿小姐说,
每一种语言都有它烦人之处, 以及毫无逻辑的规则,
就如同每一种语言都有它可感知的美一样。

她什么都知道，

就像妈妈一样。

九 月 十 六 日

并不是知道得越多越好

现在我听得懂了。

当他们取笑我的名字，

尖叫着哈——哈——哈地跑过大厅时。

当他们问我是不是吃狗肉，

学狗叫，假装嚼肉，然后笑得躺在地上时。

当他们问我是不是和老虎一起住在森林里，

咆哮着四肢着地在地上爬时。

我听懂了，
因为在魁哥哥骑车载我回家时，
当我问他
是不是在他的学校
孩子们也说那样的话，
魁哥哥的下巴点到了我的头上。

我听懂了，
可我宁愿
我还是
什么都听不懂。

九 月 十 九 日

另一种活动

我们的牛仔说，
我们的邻居
会像对待别的邻居一样对待我们，
如果我们能够去参加
一个活动。

进入了活动场所之后，
我们的牛仔和他的妻子
在第一排
等着我们。
他在笑，
她可没有。

一个胖乎乎的男人
跑上台去，
咆哮着。

除了我们，
每个人都和他打招呼。

他越是吼得厉害，
大家越是认真地唱着。

稍后，一个女人，
身上散发着金银花的香气，
做手势让我们所有人跟着一起唱。

妈妈和我被告知
要换上
没什么样式的衣服。

我们在一个大厅里排队。
大厅又亮又空，
我的哥哥们在大厅里等着我们，
眉头紧锁，
他们也都穿着
没什么样式的统一衣服。

我咯咯地笑起来。
妈妈捏了我一下，
然后第一个往前走去。

那个胖男人
在一个小小的池子里
等着妈妈。
他一只手捏着妈妈的鼻子，
另一只手按着她的背，
让她俯下身去。

我急得要跳进池子里，
妈妈又站了起来，
一直咳嗽，
头发黏在脸上，
眯着眼睛
看着我。

我的哥哥们
一个个跳了进去。

终于轮到我了，
无论
我怎么用激光般眼神示意妈妈
阻止这一切。

不过
事情还没完。

我们必须穿戴起来，
在台上排好队，
就站在那个胖男人旁边。
一旁还有我们的牛仔
以及他那微笑着的妻子。
当挨个执行这项"任务"的时候，
她的嘴角跷得更高了。

我的头发汗湿了，
汗水滴到了背上。

当我意识到
每个星期天

我们都必须来这儿的时候，

我遍体凉意，

肌肤上的鸡皮疙瘩更多了。

九 月 二 十 一 日

情不自禁

妈妈的指甲

在餐桌上轻轻地敲着，

那是她发出的

要求大家默默祷告的信号。

我慢吞吞地回到我的房间，

但是通过我的耳朵

我还是和妈妈待在一起。

她祷告着。

这个腔调听起来是如此宁静，
尤其在经历了一整天的
咆哮之后。

当！当！当！
是汤匙敲打玻璃碗的声音。

那和
从铜铃上发出的
清澈如溪流的回音完全不同。

妈妈没有点茉莉香，
而是点了干的橘皮。
苦涩的柑橘皮灰烬的气味
弥漫在我们的房间里。

这和曾经令我安静的花香
完全不同。

我使劲睡，
但还是睡不着。

我需要那枚紫水晶的戒指转啊转，
还需要妈妈薰衣草的香味。

我没法像妈妈那样
善于万事凑合。

妈妈终于进来了，
背对着我。
那是一个信号，
告诉我她需要更长的独处时间。

我一动不动地躺着，
嗅着
薰衣草的气息。

气味太微弱了，
但是我不敢躺得更近。

她叹着气，
继而演变成了
抽泣。

"你在哪儿?
我们还应该心存希望吗?"

她以为
我已经睡着了。

越来越多的抽泣声,
声音很小,
如果我呼吸大声一点
几乎都听不到。

"回家来吧,
回家来看看,
看看孩子们都长大了。"

在我的一生中,
我都想搞清楚
那到底是什么感受,
一个
认识了一辈子的人,
呼的一下

就不在了。

又是一声叹息。

"这儿
比我想象中要困难多了。"

我也这么认为。
虽然妈妈自己定了规矩，
可是妈妈会忍不住
思念爸爸，
就像我也忍不住
在梦里
吃我那成熟的木瓜一样。

九月二十一日夜

拼写规则

有的时候，
当词末加上 s 之后
单词的拼写也会变化。

Knife 变成 Knives。

有的时候，
拼写的时候用 c
而不是用 k，
虽然
用 k 感觉更合理一些，
比如要是 Cat 写成 Kat 就更合理。

有的时候，
拼写的时候用 y
而不是用 e，
虽然用 e 感觉更合理一些，
比如要是 Moldy 写成 Molde 就更合理。

那个发明英语的人
应该学会
怎么拼写。

九 月 三 十 日

牛仔的礼物

我们的牛仔
喜欢给我们送礼物。

活鲶鱼
是妈妈最喜欢的。

我不能看着李小武
杀鱼和清理鱼，
但是吃起来真是好吃啊。

自从让我们进教堂洗礼之后，
我们的牛仔
送礼物就送得更勤了。

李小武总是指着他的肌肉
要牛肉干吃。

我想要真正的大葡萄。

今天我们的牛仔带来的
是炸薯条和巧克力。

哥哥们和我
风卷残云地
吃完了薯条。

后来
妈妈把剩下的巧克力
给扔了。

等她睡着了，

我又把巧克力捡了回来。

午餐吃巧克力
总比吃硬面包
要强多了。

十月四日

有人知道

我今天学的生词是
"可口"，
可——口。

华盛顿小姐问：
"你的午餐好吃吗？"

在回答之前，

我必须在我的脑子里
先翻译一遍。

她等着。

"我在厕所里吃了糖。"

华盛顿小姐
看上去很惊慌。
"什么？"

我意识到了我的错误。
"哦，在那间厕所里。"

可她看起来
并没高兴多少。

我又说：
"也不是每次都吃糖。"

"可是你每次都是在卫生间吃东西吗？"

我点点头。

"为什么？"

我该如何解释，
每当我想到
在那间嘈杂的房间里
满是嚼着食物哈哈大笑的嘴，
我的胃里
就会翻江倒海。

当她的眼睛泛红的时候
我还在心里翻译。

"我给你准备午餐，
你就坐在你的座位上吃。"

"不想在班上吃。"

"我来处理。
事情会好起来的，

你等着。"

我并不相信她说的话，
但这感觉很好，
因为有人知道了。

十月十三日

最轻松的一天

第二天的午餐时间
我留在教室里。

斯科特小姐点了点头。

就这么简单吗？

在我的第一个

便当袋里装着：
一份牛肉三明治，
一个苹果，
咸味脆卷，
还有一块饼干，
上面点缀着巧克力粒。

有咸的，
有甜的，
真完美。

我听见重重的脚步声
从长长的大厅传来。

我停下嘴。
两个学生
跑进了教室，
咯咯地笑着。

我收紧了肌肉，
等待着那些笑

演变成大笑

砸向我。

但是出现的却是微笑。

那个女孩

红头发长及腰，

裙子垂到了小腿处。

她说："我叫帕姆。"

我听成了"佩姆"。

那个肤色像椰子壳的男孩

穿戴得很整齐，

比去教堂时穿得还好，

紫色的领结，

雪白雪白的衬衫。

那衬衫绝对不会起皱，

就算他从山上滚下来也不会。

他的光头

剃得又亮又好，
我真想去摸一摸。

他说话又慢又大声，
不过我不介意，
因为他也一直在微笑。

他说："我叫史蒂文。"
我听成了"斯替万"。

我从来没有在班上
见过他们。
不过在班上时我几乎
一直在埋头盯着我的鞋。

我要在我的日记本里记下来，
十月四日
是我认为
最轻松的一天；
一如四月三十日
是家园消失的那天；

还有九月二日，
是最最漫长的一天。

其实我想把
最最轻松的一天
留给爸爸回来的那天。
不过他回来那天可以叫做
我生命中最好的一天。

十月十四日

又聪明啦

粉红肤色的男孩
站在讲台上。

他算不出来
18 乘以 42 等于多少。

我走到讲台上
用粉笔从容地写出答案。

我扬起脸
看着天花板，
直到我看见
佩姆和斯替万
脸上的惊恐。

粉红男孩的脸变得绯红，
尤其是衬着他白色的头发，
白色的眉毛
和白色的眼睫毛。

斯科特小姐
轻轻推着我回到我的座位。
佩姆伸手来拉我的手，
她的手在颤抖。

我知道
粉红男孩会为难我，

但是现在
我觉得我真聪明。

十 月 二 十 日

头发

有一天，
那个蜜色头发的女孩
取下了她粉色的发带，
给我的头发扎了个马尾辫。

她仔细地打量了一下，
摇了摇头，
扯下她的发带，说：
"你不适合粉红色。"

然后另外三个女孩，

都是古铜色皮肤，
把五颜六色的发夹
从她们的头发上取下来，
然后别到我的头发上。
好多辫子呀。

女孩子们的头发
还保持着辫子的形状，
虽然发夹都被取了下来。

佩姆和斯替万点着头，
所以我就没动。

在走路回家时，
我看见了我的影子。
鳗鱼似的头发在我脑袋上跳舞，
各种形状的发夹都有，
蝴蝶结形的，星形的，还有心形的。

妈妈和哥哥们
注意到了，

稍停了一下，
就又开始做他们的事了。

要睡在一堆
塑料发夹上面
真不是件容易的事。

第二天早晨，
女孩子们
把发夹取下来，
我的头发
又变直了。

女孩们
扯了扯我的直发，
走开了。

我一辈子都在盼望，
盼望一头长发，
而这就是我盼来的。

十月二十三日

大忙人

李小武再没有时间
专门教我一个人了。

每天日出时
他就挨家挨户地
送报纸。

放学以后
他去切最好的
牛肉。

日落的时候
他在我们的前院里
教李小龙的功夫。

我们分成五排站好队，
蹲下来移动，
这是他教我们的
唯一的动作。

我要确保
我站在第一排。

最先来的
是心急的男孩们。
紧接着来的
是咯咯笑的女孩们。
接下来
是我们那些
忍不住好奇心的
邻居们。

他们现在向我们示好了，
时不时地带一些
肥腻的、五颜六色的食物来。
我们都不吃。

李小武武术班的每一个学员
都穿着黄色的衣服。

有人甚至买了套装，
跟李小龙的衣服一模一样。

光哥哥和魁哥哥也加入了进来。

有一次我看见妈妈
站在窗帘后面
微笑着。

我蹲得矮矮的，
然后稳住。

十月二十八日

战争与和平

斯科特小姐
给同学们

展示了照片。

有个烧伤的、衣衫褴褛的女孩
一边跑，一边哭，
在一条泥泞的路上。

奋力爬着、嘶叫着的人们，
绝望地想要挤上
最后一架直升机，
离开战火中的城市。

瘦骨嶙峋的难民
挤在一艘
快要沉下去的渔船上，
手伸向天空
祈求帮助。

一堆一堆的战靴
被战败一方的士兵们
丢弃在一边。

她告诉同学们
我就是从那里来的。

其实她应该让大家看看
木瓜树和春节
一类的照片。

可能没人相信我，
但是有时候
我宁愿选择留在战争中的家乡，
也不愿意选择待在和平的阿拉巴马。

十月二十九日

薄饼脸

佩姆穿着一件
裙摆曳地的长裙，

就像我们课本里的
先烈们一样。

斯替万
戴着假胡子，
看起来像林肯总统。

我不知道
今天是变装日。

粉红男孩一直问我：
"你要装谁？"

到了放学的时候，
他喊出了答案：
"她应该装一块薄饼，
因为她有一张薄饼脸。"

这话本来没什么，
可是
后来就有什么了。

我跑开了，
听见了哄笑，
很大很大很大的哄笑声，
一直到妈妈回来后那声音都还在回荡。

我不能再把今天的事忍住不说了。

妈妈问：
"什么是薄饼？"

眼泪涌了出来，
因为我不能
让自己来解释，
薄饼
非常
非常
消瘦。

十月三十一日　万圣节

妈妈的回应

妈妈抚摸着我的头。

"跟我念，孩子，
吸一口气，静静心，
吐一口气，微微笑。"

她拍拍我的背。

"跟我念，女儿，
你的祈祷会开出鲜花，
庇佑你
听不到那些
你不想听到的话。

"跟我念……"

她抚摸着我的手臂。

我跟着念，

希望妈妈温柔的抚摸
永远不要停下来。

我念着，
希望妈妈的平静
可以浸入我的身体。

十月三十一日夜

华盛顿小姐的回应

在华盛顿小姐的课上
我很安静。

很长一段时间
我一直盯着花墙纸，
还有放满了书的书架，

然后我看见了一个
相框，
照片上是一个穿着制服的男孩。

我还不知道那是她的儿子汤姆，
也不知道他作为一名二十岁的士兵
就战死在了
那个
我出生的地方。

我从没想过，
我的祖国的名字
听起来会如此令人忧伤。

我不敢看
华盛顿小姐。
"您恨我吗？"

"孩子啊，孩子。"

她走过来

抱住了我。

到那时
我才告诉了她薄饼的事情。

她把我抱得更紧了,
然后拿出了一本书。

那是一本相册:
有着春节的舞龙灯,
穿着白色奥黛长裙的女学生们,
建在树干上的寺庙。

这些相片
是汤姆寄回家的。
这个炎热的、绿色的国度
让他
又爱又恨。

我屏住了呼吸:
一张

木瓜树的相片。

枝叶摇曳，

扇形的树叶

在灿烂的阳光下

衬着一串串

饱满的橘红色的果实。

太兴奋了，我用母语叫起来：

"木瓜！"

我被那张相片深深地吸引了。

"最好吃的食物！"

"木瓜？

你最喜欢吃的食物是木瓜？"

我教她木瓜的越南语发音：

"木——瓜——嘟——嘟。"

然后她教我说：

"英语里便便的发音也是嘟——嘟。"

我们都笑得不行，

笑得都饿了，想吃薄饼了。

她叫我
把那本相册
带回家。

十一月三日

牛仔的回应

上学之前
我们的牛仔出现了，
华盛顿小姐告诉了他
关于薄饼的事情。

他和妈妈、光哥哥低声说了些什么。
大家要一起护送我去上学，
一起去的还有华盛顿小姐。

我觉得不舒服。

在校长办公室里
坐着粉红男孩和他的妈妈。

办公室里真热。

很多强忍着怒气的
紧绷着的说话声。

最后所有的眼睛
都盯着粉红男孩。
他拧巴着说了句："对不起。"

我觉得我要吐了。

妈妈救了他：
"我们知道你来自一个正派的家庭，
你并没有意识到
你的侮辱所带来的伤害。"

当光哥哥翻译的时候，
我从粉红男孩的眼神里看出
他更恨我了。

十 一 月 五 日

菩——萨，菩——萨

斯科特小姐
给我们看了很多图片：
故国 S 形的地图，
绿色的群山和长长的海岸线，
还有卧佛的雕像。

她问我：
"要不要说点什么呢？"

"我知道菩萨。"

我听见了哄笑声，
然后是一阵窃窃私语：
"婆——萨，婆——萨。"

斯科特小姐让他们安静。

一整天我都听见耳语声：
"婆——萨，婆——萨。"

我看着时钟，
等着听那最后的铃声，
然后拔腿就跑。

粉红男孩和他的朋友们跟着我，
他们大喊着
"婆——萨，婆——萨"，
我双腿不停，
越跑越快，
越跑越快，

但是再快也快不过
他们的
尖叫，
"婆——萨，婆——萨"。

我转错了弯，
到了另外一条街，
错过了
魁哥哥等我的那个街角。

我别无选择，
只能跑。

我拐到右边，
在那儿有紫色的花儿
像新月一般
铺在醉鱼草上面。

重重的脚步声
就追在我的身后。

向左转，花儿的颜色变成了蓝色。

我真希望我能控制得住，
但是那一片一片的花儿
透过我就快流下的眼泪
模糊成了蓝色的色块。

婆——萨，婆——萨
就在身后
近在咫尺。

快点，再快一点。
我的腿努力地跑着，
但是那吼声还是赶上了我。

有人扯住了我的头发，
强迫我转过脸去
看着
那张粉红脸上的黑洞：
"婆——萨，婆——萨——女。"

我用手捂住了眼睛。

我又跑。

一时之间，
五脏六腑翻腾着各种感觉：
怒火，
辛酸，
沉重，
愤怒，
孤独，
困惑，
窘迫，
耻辱。

十一月七日

恨

我没进屋，
而是坐在
柳树下，
挖了一个大洞，
冲着洞里
歇斯底里地大喊：

"我恨所有的人！"

喉咙像是被狮子的利爪撕裂了，
我依然嘶吼着：

"我恨所有的人！"

一双手抓住了我的肩膀。

华盛顿小姐
跪在我的身后。

"孩子，孩子，跟我来。"

"我恨所有的人！"

她把手伸进我的腋窝，
把我拽了起来，
然后拖着我
穿过了院子。

"可怜的孩子，
跟我说说，跟我说说。"

一直吼
很痛，
但又像一只被抓住的蜥蜴一样，
使劲挣扎一下，
感觉很好。

在华盛顿小姐的家里，
她紧紧地
搂着我。

"安静，安静，
嘘，嘘。"

她一遍又一遍地说着，
就像诵经一般，
慢慢地说着。
慢慢地，
我脑子里
那停不下来的嘶吼
冷静下来变成了低语。

"我恨所有的人！"

"连你妈妈也恨吗？"

她闭起了双眼，
抿着嘴唇。

我强忍着没有笑出来。

她拍着我的手。

就是这个动作，
消弭了我
最后的恨的魔咒。

十一月七日放学后

光哥哥的转折

光哥哥回家来，
高兴地喊着。

他做到了，
修好了一辆
别人修不好的汽车。

从现在起，
他就只需要
修引擎了。

妈妈笑得如此开心，
以至于流下了眼泪。

我噘起了嘴。

什么时候
才是我的转折啊？

十一月十二日

忏悔

是时候告诉妈妈
为什么厄运
总是缠着我了。

"我以前总是少买猪肉，
这样就可以买油炸面团了。"

"我知道。"

"你知道啊？"

"还有呢？"

"我以前还总喜欢
把跟我同桌的那个女孩整哭。"

妈妈歪着头。

"我知道，妈妈，我知道，我很坏。"

妈妈点点头。

"现在他们把我整哭了。
我会永远都被惩罚吗？"

"永远可是很长的哦。"

"我还干过别的，

真的很坏。"

妈妈扬起了一边眉毛。

"春节的黎明,
我第一个
用我的脚趾头
轻拍了瓷砖地。"

妈妈睁大了眼睛。

"我讨厌别人跟我说我是个女孩,
我不能做某些事。"

妈妈没有责备我,
只是点点头。

"我破坏了
全家人的好运了吗?
所以我们才来这里的吗?"

"我的孩子，
你怎么能背负起所有的责任呢？
是我迷信，
就是这么回事。
如果要说你真的带来了什么，
那也是你给我们带来了好运，
因为我们逃出来了，
到了这里。"

"好运是
到了这儿？"

"耐心等待，
你就快明白了。"

"我不想等了，
现在就够糟了。"

"真的那么无法忍受吗？"

"他们追着我。

他们喊我外号。
他们扯我手臂上的汗毛。
他们叫我薄饼脸。
他们在班上拍打我。
你还希望我等吗？
我能回击他们吗？"

"哦，我亲爱的女儿，
有时候你必须反击，
但是最好
别用拳头。"

十一月十四日

马上

光哥哥带着我们
去杂货店。

妈妈买好了所有东西，
为了在即将到来的节日
做鸡蛋饼。
美国人在过这个节的时候
要吃像小孩那么大的火鸡。

妈妈让我跟卖肉的说：
"麻烦您帮我们绞肉。"

我确信我是说对了的，
但是那个卖肉的
却板起了一张脸，
砰的一声扔下我们的肉，
打手势让我们走。

妈妈皱起了眉头，
想了想，
然后按响了铃铛。

"麻烦您。"她说，
但话说出来像"马翻你"。

卖肉的转身走了，
一句话也没说。

妈妈一直按铃，
按了很久。

当那个卖肉的又回来时，
他听到了妈妈一连串的母语，
声音既严厉又沉稳，
眼神更严厉更沉稳。

妈妈最后很清楚地用英语说了一句："马上！"

那个卖肉的盯着妈妈，
然后拿过我们的肉
走向了绞肉机。

十一月二十二日

木瓜脸

他们又冲我喊
"婆——萨，婆——萨"，
但是我知道跑，
朝魁哥哥那里跑，
拐两个弯就到。

时间足够他们
重复几百遍
"婆——萨"。

时间也足够我
转过身去冲他们吼：
"来啊，来啊。"

我真爱看他们停下脚步
张大嘴巴的样子。

我的心都快跳出来了。
我一边跑一边喊：

"欺软怕硬！
胆小鬼！
粉红色的鼻涕脸！"

这些都是我从他们那儿学来的，
都是他们在操场上说的。

我转过身去，
看见粉红男孩
逼近了我。

他不再是粉红色的了，
他是鲜红色的了，
浸着血色的鲜橘红色，
像颗熟透了的木瓜。

"木瓜脸！"

如果他的朋友听成了

"扁扁脸"
然后
马上就笑话他的话，
可不关我的事。

魁哥哥还在等我，
我跳上了自行车。

十二月四日

流言

星期五。

斯替万听佩姆说了一件事，
佩姆是听蜜色头发的女孩说的，
蜜色头发女孩是听脸上长雀斑的女
孩说的，

雀斑女孩是听白头发男孩说的，
白头发男孩是听三个扎辫子的女孩说的。

他们说
粉红男孩
有个读六年级的表姐，
那个女孩比我们班个子最高的人还要高出两个头，
她手臂有肌肉，能蹿上蹿下，
像只老鼠般灵活。

她答应了
要来收拾我。

就在我回家的路上。

时间是下个星期一。

十 二 月 五 日

一个计划

我不必告诉魁哥哥，
因为他
已经在他的学校大厅里听说
我
明天会
变得更扁。

"你的脸不扁。"
魁哥哥说，
"另外，我有一个计划。"

十二月七日

跑

离最后的下课铃响

还有五分钟。
我靠在门上，
两条腿蠢蠢欲动，
书都放在地板上。

铃 ——

我跑了出去，
佩姆和斯替万
紧紧地跟在我后面。

到了外面，
佩姆和我
换穿了兜帽外套。

佩姆去了
我经常走的那条路，
我迅速地拐到了左边。

斯替万待在教室，
负责堵住门。

我沿着人行道，
飞一般地跑，
一个人。

他们肯定都在追佩姆。

我在新的街角停下来，
魁哥哥说会在那里等我。

但是他人呢？

脚步声变大了，
从那边的街
迅速到了我这边。

是粉红男孩！

十二月八日下午三点三十六分

一个闪躲

粉红男孩
朝我扑了过来。

我扎好马步
面对着他。

他气势汹汹
离我越来越近。

等他离我足够近，
近得让我看清楚了
他手臂上白色的汗毛，
我的上半身
向左边闪了一下，
但是腿扎得稳稳的，
眼睛盯着
刚刚晃过去的那个拳头。

砰的一声。

粉红男孩在人行道上痛苦地翻滚。

我想我应该是很爱看
他那么疼吧。

但是
他看起来
更像是挫败而不是虚弱，
更像是无助而不是害怕，
就像被关在笼子里的小狗。

他站了起来。

要是我还想要回击他的话，
就必须是
现在。

十二月八日下午三点三十八分

哇呜

一声大喊。

粉红男孩和我
都转过身去。

一辆巨大的摩托车。

一身黑衣的劲酷的骑士
停了下来。

头盔取了下来。

是李小武!

"哇呜!"

粉红男孩不见了。

魁哥哥

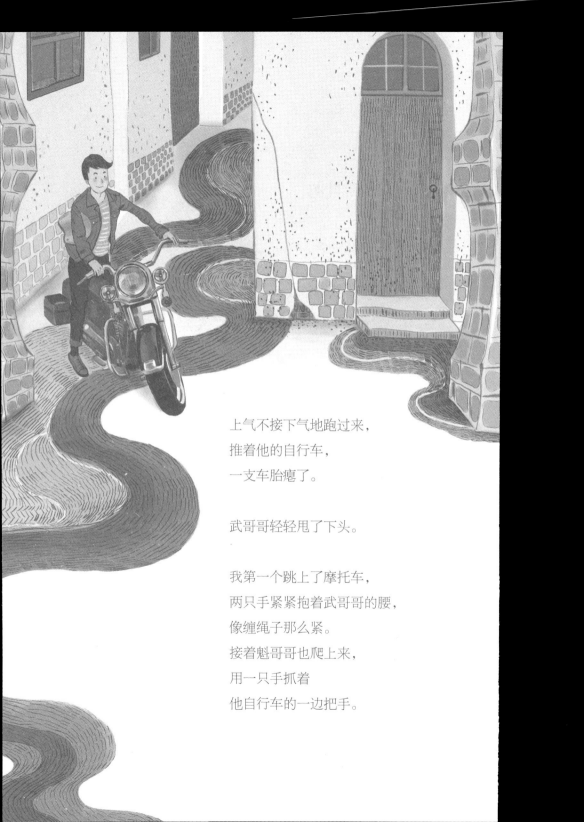

上气不接下气地跑过来，
推着他的自行车，
一支车胎瘪了。

武哥哥轻轻甩了下头。

我第一个跳上了摩托车，
两只手紧紧抱着武哥哥的腰，
像缠绳子那么紧。
接着魁哥哥也爬上来，
用一只手抓着
他自行车的一边把手。

我们飞回了家。

十二月八日下午三点四十三分

李小武效应

李小武
现在负责
放学接我回家。

所以，
有人总是
在午餐时间
帮我和佩姆还有斯替万占位子。

有人总是
邀请我们
参加聚会。

有人总是
希望李小武
载她一程。
如同他载
那个大个子表姐一样。
现在她不仅对我们微笑
还向我们挥手呢。

粉红男孩
躲着我们。
我们开心极了。

十 二 月 十 六 日

提前过重要节日

妈妈邀请我们的牛仔
和华盛顿小姐

来吃鸡蛋卷。

他们带来了礼物，
不过没有说
"提前祝节日快乐"，
因为他们不想
让我们尴尬，
因为我们没有礼物
和他们交换。

我们的牛仔送的礼物——
送给妈妈的：两条刚捉到的鲶鱼；
送给光哥哥的：夜校的学费；
送给武哥哥的：十种不同口味的牛肉干；
送给魁哥哥的：分别装在两个罐子里的两条斗鱼；
送给我的：一件新外套。

我们边笑边说：
"太完美了！"

华盛顿小姐送的礼物——

送给妈妈的：一个闹钟，还有茉莉熏香；

送给光哥哥：一本工程学教材；

送给武哥哥：十种不同口味的牛肉干；

送给魁哥哥：一只仓鼠；

送给我的：三包橘红色的干巴巴的什么东西。

我的家人们都一边鼓掌一边说：
"太完美了！"

我则皱起了眉头。

十二月二十日

不一样

三袋
木瓜干。

难嚼，

太甜，

如蜡，

粘牙。

根本就不是一码事。

我太生气了，
把木瓜干全扔进了垃圾桶。

十二月二十日夜

不过还不赖

妈妈教育了我。
"要学会折中。"

我拒绝捡回那些木瓜干，

噘着嘴，

上床睡觉去。

我盯着一幅真正的木瓜树的相片，

心里想着我什么时候才能再吃到

甜甜的，软软的，金黄色的木瓜肉。

咚咚咚……

钟响了，

一个真正的钟的声音听起来是多么安心啊。

一缕缕的香气

飘了过来，

像一张毯子

把我包裹在中间。

我在微光中醒来，

心里觉得无比内疚。

我走到垃圾桶那里。

可是，

在餐桌上

有一个盘子，

里面放着木瓜条，

胶质的润润的，

已经泡在了热水里。

糖已经化开了，

留下

饱满

多汁

柔软的木瓜肉，

有嚼劲。

唔——

不一样，

不过还不赖。

真的。

我们的生活
将会纠结再纠结，
旧的和新的纠缠在一起，
直到再无所谓
哪一个是旧的，哪一个是新的。

从现在开始

第四部分

北方来信

八个月前，
战争结束了。
四个月前，
妈妈寄出了我们的信。
今天，
爸爸的哥哥回信了。

依然，没有更进一步的消息。

我们的伯伯甚至去了南边，
去走访我们的老邻居，
去寻找爸爸的老朋友。

他四处打听，
留话给大家，
等待。
直到一切都很清楚地显示
他无法获得更多的消息。

他的信
没有告诉我们
从现在开始
该怎么办。

我们看着妈妈。
她也没有告诉我们。

我们的平安夜
一片寂静。

十二月二十四日

礼物交换日

佩姆在礼物交换日
来到我们家，
她带来一个洋娃娃
来替代
我告诉过她的
我的那个被老鼠咬过的洋娃娃。

我几乎要尖叫起来，
因为她带来的洋娃娃
有着长长的黑色头发，
太漂亮了！

但我只是小声地说：

"谢谢你。"

我没有礼物可以
送给她，
这让我很难堪。
我激动的情绪
生生被这难堪压制住了。

十二月二十五日

如果

光哥哥说，
如果
爸爸是逃到了邻国，
等待着机会
回去改变历史呢？

李小武说，
如果
爸爸是逃到了法国，
但他不记得以前的事了，
所以他建立了新的家庭
而且生活很幸福呢？

魁哥哥说，
如果
爸爸逃到了山里，
剃了头
出家当了和尚呢？

我想不到别的，

但是又不能让我的哥哥们超过我，

于是我脱口而出：

"如果

爸爸真的已经不在了呢？"

从他们脸上

悲伤的神色，

我知道

虽然他们有各种大胆的猜测，

他们已经开始接受

我不假思索说出的这句话了。

十 二 月 二 十 九 日

一个征兆

关于爸爸
妈妈什么都没说。
但是，
她每晚都诵经。

在长长的吟诵之中，
她的声音
在希望和认命之间
徘徊。

她在等待
一个征兆。

等她决定了，
我也就决定了。

十二月三十日

不再是睡衣了

圣诞假期结束后回学校的
第一天，
我知道我应该
全身上下穿戴一新。

我没有
新衣服，
除了那件外套。
还有一件别人给的旧衣服
还裹在包袱里呢。

新衣服是米黄的底色缀着蓝色的小花，
织得又厚又绒，
很适合像这样的冷天穿。

最好的是，
它盖过了我的膝盖，
很适合天冷的时候骑自行车穿。

佩姆穿着一条新裙子，
裙摆照例垂到小腿。

斯替万穿着一件白衬衫，
看起来挺拔得像一面墙。

当我脱下我的外套，
大家都不说话了。

一个穿着红色天鹅绒外衣的女孩
向我走来。
"你不知道法兰绒
是用来做睡衣和床单的吗？"

我大吃一惊。

佩姆耸了耸肩膀。

"我不能穿裤子，
也不能剪头发，
也不能穿裙摆在小腿以上的裙子，

不过我关心过你穿什么吗？"

斯替万说：
"看起来像是我的衣服。"

红色天鹅绒女孩
指着我的胸口
中间，
"看见这朵花了吗？
只有在睡衣上
才有这种花。"

我低头看着
那朵小小的蓝色小花，
它将将缝在衣服上。

我把花扯了下来。
"不再是睡衣了。"

一月五日

种子

我穿着那件衣服
睡觉，
告诉了妈妈为什么要这样做。

"我假装不介意，
那么别人就不会介意了，
于是我就真的不介意了。"

妈妈大笑了起来。

我告诉她
更困扰我的事情，
是我没有礼物
送给佩姆。

妈妈点点头，想了想，
然后去打开她最上面的抽屉。

"我本来是想留着

在春节送给你的，

不过干吗要等呢？"

她的手里

是一罐花的种子，

那是我和蒂蒂一起收集的。

送给佩姆太完美了！

妈妈总是

把所有的事情都考虑得很周全。

一月五日夜

不在了

妈妈下班后跑回家来，

两只手紧紧握着，指关节惨白，
话不成句，
脸色死灰。

我们盯着她的左手。

那个紫水晶戒指不在了！

光哥哥开车载着我们
返回缝纫工厂，
车是他用一些不相配的零件组装的。

我们仔细找了妈妈的工位，
又沿着她活动的路线
去了餐厅，
卫生间，
停车场。

重复找了多少次我们已经数不清了。
被妈妈的样子激励着，
她那慌乱的眼神，

紧抿着的嘴唇，
害怕她的表情会是什么样
如果……

快天黑的时候
保安吆喝着把我们赶了出来。

我们不敢看妈妈。

一月十四日

真的走了

回到家后，
妈妈
回了房间，
没吃晚餐，
一声不响。

就寝的时间
我们听见钟响，
然后是诵经的声音。

诵经时间很长，
那声音
低沉而笃定。

最后
妈妈出来了，
看着我们每一个人说：

"你们的爸爸，
真的走了。"

一月十四日晚

永恒的平静

妈妈穿着
从家里带来的
棕色的奥黛。

我的哥哥们
都穿着西装，
要么太小要么太大。

我穿着一条粉红色的裙子，
裙子上有褶皱还有蕾丝。
我讨厌它，
但是好歹
这是条裙子。

我们每个人都面对着祭坛，
手里握着一炷香，
用来祈祷。

爸爸的肖像

看着我们。

爸爸将永远
就像肖像里这个样子了。
这个想法
让我
红了眼睛。

妈妈说：
"我们诵经祈祷，
以前祈祷爸爸平安，
现在祈祷爸爸得到永恒的平静，
在那里他的父母在等着他。"

妈妈停了一下，
声音哽咽了。

"爸爸去不了天堂，
如果我们一直抓着他不放。
如果你们想哭，
那想想

起码现在
我们知道了。

"至少
我们不用再活在
等待之中。"

- 月 十 七 日

重新开始

我正在试着告诉
华盛顿小姐
我们为爸爸举行的那个仪式。

但是要把所有的名词和动词搭配好，
搞清楚所有的时态，
记得所有该用冠词的地方，

发清楚每一个 s 的音，
实在是太费时间了。

华盛顿小姐说，
要是每一个学习语言的人
都等着能说得毫不犯错才开口的话，
就没有人
会去学一门
新的语言了。

"读死书
不会让你说得流利，
但是多说就可以！
你犯的错误越多，
你吸取到的教训就越多。

"他们笑话你，
该惭愧的是他们！
挑战他们！
让他们学说你的母语，
然后立刻笑回去。"

我告诉她，
爸爸安息了。

我告诉她，
我想要
种一些从家乡带来的花
在她的后院里。

我告诉她
春节就要到了，
每一年
运气都会重新来过。

一 月 十 九 日

一名工程师，一名厨师，
一位兽医，没有律师

光哥哥
已经开始上夜校，
重新开始学习工程学。
他要成为
他想成为的工程师。

妈妈笑了。

李小武
拒绝申请正规的大学，
他要去一所烹饪学校，
就在旧——金——山。
他的偶像在那里生活过。

妈妈叹了口气，
皱起了眉头，
但是没什么作用。

魁哥哥
宣布他要成为一名医生，
专门给动物治病。

妈妈开始说了些什么，
然后点了点头。

妈妈一直希望有
一名工程师，一名真正的医生，一位诗人，
还有一名律师。

她转身对着我说：
"你喜欢争论，对吧？"

"我才不呢。"

妈妈的眼睛一亮。

我发誓
我一定要更和气一些。

一 月 二 十 九 日

1976：龙年

今年的春节
没有算命先生来算命，
所以妈妈自己预测了我们的新年。

我们的生活
将会纠结再纠结，
旧的和新的纠缠在一起，
直到再无所谓
哪一个是旧的，哪一个是新的。

这个春节
没有粽子。
那是用猪肉和糯米
还有绿豆，
做成的方形食品，
用香蕉叶包在一起。

妈妈做了自制的粽子，
圆柱形的，

用了猪肉，
普通的米，
还有黑豆，
用布包在一起。

不一样，
但是还不赖。

就像每个春节
我们都会被要求的那样，
我们要一直笑，笑到脸都疼，
新年的头三天
都要笑。

要全身衣服里外一新，
尤其是内衣裤。

不能打扫，
不能洒水，
不能还嘴，
不能噘嘴。

妈妈考虑到了所有的事情。

妈妈甚至吩咐光哥哥
午夜一过
就为房子祈福，
这样一来我就不能赶在他之前，
在黎明之前，
把我的大脚趾头踩到地毯上啦。

妈妈在最高的书架上
设了一个
祭坛。

那里有永远年轻的
爸爸的肖像。

我不得不把眼神移开。

我们每个人都拿着一炷香，
等待着钟响。

我祈祷

爸爸能在新的家园得到温暖，

妈妈能比以前有更多笑容，

光哥哥能喜爱他的学业，

李小武能接送我上学，

魁哥哥能孵出一只美国小鸡。

我睁开了眼睛，

其他人都还在祈祷。

他们都会祈求着什么呢？

我想了又想，

然后又闭上了眼睛。

这一年我希望

我能真的学会

踢飞腿，

不是为了踢腿，

而是为了

飞。

一月三十日　春节

亲爱的读者：

　　发生在《十岁那年》主人公金河身上的很多事，也同样发生在我的身上。

　　我也是在十岁那年见证了故国的沦陷，并和家人逃到了阿拉巴马。我的父亲也是在一次军事行动中失的踪。我也不得不去学英语，在上学的第一天被人拔了胳臂上的汗毛。那是四年级学生们想要确定一下我是个真人，而不是他们在电视上看到的影像。这个故事中太多细节的灵感都源于我自己的记忆。

　　除了回忆事实，我还努力去捕捉金河的情感生活。生活在一个每晚都有炸弹爆炸，同时又处处都有美味零食的地方，是一种什么滋味？坐在船上驶向希望的彼岸之时，是一种什么滋味？从自诩很聪明的状态到一下子全都懵懵懂懂的状态，那又是一种什么滋味？

　　这些情感的部分之所以非常重要，是因为我在侄子侄女们身上发现，他们可能大致了解自己的父母来自哪里，但是他们却无法真正想象得出故国当年的喧嚣和味道，无法真正想象得出在一个完全陌生的国土一切从头开始的那种每日都要面临的艰辛。我要在此问问大家：我们对我们身边的人又知之多少？

我希望你们喜欢阅读金河的故事，一如我喜欢回忆我人生中命运攸关的那一年。我还希望当你读完这本书后，你可以挨着一个你爱着的人坐下来，求那个人不断地把他们的故事讲给你听。

赖清河

图书在版编目（CIP）数据

十岁那年 /（美）赖清河著；罗玲译. —昆明：
晨光出版社，2013.1（2025.6重印）
ISBN 978-7-5414-5200-0

Ⅰ.①十… Ⅱ.①赖… ②罗… Ⅲ.①儿童文学－长
篇小说－美国－现代 Ⅳ.①I712.84

中国版本图书馆CIP数据核字（2012）第253209号

Inside Out & Back Again
Copyright © 2011 by Thanhha Lai
All Rights Reserved.

本书中文简体版由作者赖清河〔美〕授权云南晨光出版社有限责任公司独家出版。
未经出版者许可，任何单位或个人不得以任何方式复制、摘录或抄袭本书中的任何内容。

著作权合同登记号 图字：23-2012-137号

SHI SUI NA NIAN

十岁那年

出 版 人　杨旭恒

作　　者　〔美〕赖清河
翻　　译　罗　玲
绘　　画　帽　炎
译文审订　张　勇
项目策划　禹田文化
责任编辑　李　洁
项目编辑　付凤云
美术编辑　刘　璐
封面设计　萝　卜
版式设计　孙美玲

出　　版　晨光出版社
地　　址　昆明市环城西路 609 号新闻出版大楼
邮　　编　650034
发行电话　（010）88356856　88356858
印　　刷　固安兰星球彩色印刷有限公司
经　　销　各地新华书店
版　　次　2013 年 1 月第 1 版
印　　次　2025 年 6 月第 35 次印刷
开　　本　145mm×210mm　32 开
印　　张　9.5
I S B N　978-7-5414-5200-0
字　　数　92 千
定　　价　26.00 元

退换声明：若有印刷质量问题，请及时和销售部门（010-88356856）联系退换。